古桥
像是一架架横在水乡之上的古琴
同样的琴弦
每个人可以拨出不同的弦音和清韵

你坐禅内，心在尘外

你处尘间，心依旧可以在禅中

雨打芭蕉的黄昏
他们会以何种心境推窗听雨
明月如霜的月夜
他们又会以何种姿态临窗观竹

时光就这么老去了，老去了

那时候洗尽铅华的你我

只守着一扇小窗

看旧时庭院，飞雨落花

远处

钟声缥缈，隔世经年

许多人并不能真正深悟禅理

不懂菩提花开

却甘愿让自己封存在一卷经书里

在辽阔的佛海里自在往来

当你真的放下

纵算一生云水漂泊

亦可淡若清风，自在安宁

倘若心中藏一弯明月

又何惧世间迷离

烟火红尘

同样可以静赏落花，闲看白云

回忆绣我窗纱

清静身影落落谁迎迓

时光越老，人心越淡

白落梅

作品

岁月静好 现世安稳

湖南文艺出版社
HUNAN LITERATURE AND ART PUBLISHING HOUSE

博集天卷
CS-BOOKY

新版序

陌上客，我和你

　　在江南，在我的文字里，仿佛有许多和雨相关的情节。此刻，这绵密无声的烟雨，又潮湿了桌案的书卷，因闲置太久，我甚至无法辨认它们的年代。那些隐藏在书页里的锦句词章，像一场刚刚下过的春雨，迷蒙清澈，也沉静安然。

　　我们都是行走在时光里的人，落在悠悠风景里，继而又转瞬无踪。光阴是一个温柔又恍惚的词，它会陪伴萦绕我们的一生，看似不侵扰，却又明明伤害着。又是一个五年，于我，不过是几度花开花谢，虽遭灾难，历情劫，但终是过去了。五年，于这本书，却是一场生命的轮回，是一次美丽的重生。

　　回首往昔，梦一样的清冷迷离，到底相信，你所失去的，真的会以另一种方式归来。那些以为填不满的沟壑，已然平静，不起波澜。其实，沧海也只是一瞬，当你还徘徊在某一个经过的情境里不知醒转时，岁月早已走远。

岁 月 静 好 　 　 现 世 安 稳

　　每个人来尘世都只是为了衬景，有一天皆会成为历史，落满尘埃，覆盖青苔。多年前，喜欢卞之琳的《断章》："你站在桥上看风景，看风景的人在楼上看你。明月装饰了你的窗子，你装饰了别人的梦。"就像此时，窗外的雨，屋檐的雨，装点着我的心情，而心情又陪衬了文字。

　　那时有着踏遍河山的勇气，纵落魄江湖，漂萍流转，亦无有怨悔。如今却有独坐小楼的决心，一粥一饭，朴素简静。三千世界，浩荡风云，只需一颗从容平和的心，便可抵挡。佛言，烦恼即菩提。不生贪念，不争名利，不问因果，守着初时的自己，像一株植物，在旧时庭院，看日影消磨，雨落飞花。

　　我本薄弱，人间百味遍尝，仍不能世事洞明，但外界的风雨只是一时，命运的烟云终将止息。从前途经的山河，看过的风景，遇见的人事，虽说真实不虚，可于我竟已渺渺，慢慢地淡去痕迹。而将来那些无法预测的故事，我自是无惧亦无谓。我知，每至穷途末路，终会柳暗花明，云开月明。

　　佛说，人生在世如身处荆棘之中，心不动，人不妄动，不动则不伤；如心动则人妄动，伤其身痛其骨，于是体会到世间诸般痛苦。而我奔走红尘，处荆棘之地，也不过落得满身花雨，无伤无恙。这世上，每个人欲求不同，有人放不下名利，有人过不了情关，有人执着于富贵荣华，有人只求淡饭粗茶，朝暮相依。

　　以往的我，总是带着一颗善感悲悯的心去看风景。故文字里有太多历史的伤痕，人世的沧桑。想来，再让我故地重游，纵旧物依然，心境亦不复当年。更何况，会邂逅不同的缘分，走过的桥，渡过的船，越过的山，涉过的水，皆已悄悄转变。唯一不改的是，我依旧还是那个匆匆过客。

人生有缘，却是散多聚少；岁月无期，却是有减不增。如果说用五年沉寂的光阴，来换取与你们又一次温暖的重逢，我自是甘愿。你看我超然物外，不问世事，却不知我亦经风历雨，披星戴月，只是不与人言说。

时光对我尚算仁慈，所有行经的日子，皆远离繁复与冷酷。尽管孤独，甚至许多时候只有一盏茶相伴，却也不生哀怨。这些年，岁月给过我伤害，但我依旧是春风枝上的白梅，或许不再惊艳，不再高冷，终是洁净清婉。守着粉墙黛瓦的小院，不与人往来，更不与谁争。

邂逅一本书，也许三年，也许五载，而忘记一个人，则可能需要一生，一世。这些年，你们和我在文字里相逢，一起经过人情物意，赏过花，喝过茶，也读过许多别人的故事，与之聚散，伴之悲喜。至今，你们都不曾知道，我究竟在哪里，而我亦不知，你们又在哪儿曾与我擦肩。

是在遥远诗意的唐宋，还是在风流的明清，又或是在多雨的民国，也许每一个朝代，我们都停留过，只是记不清彼此的音容。可我知道，与你们虽是字里相逢，却足以替代人世漫漫旅途中所有值得惊叹的风景。尽管这场以灵魂相约的筵席，有一日终要散去，我们不应有悔，也该无憾。世间万物，纵有千般好或不好，都还在，未必相亲，也不扰乱。

岁 月 静 好　　现 世 安 稳

人说，我字多情又无情，华美又清淡，我虽与书中人同过哀乐，仍是简单的自己。和你们相知，也像是琴弦上撩拨过的冷韵，炉中一缕漫漫青烟，墙院上斜过的一枝海棠，或是茶壶上坠着的一块美玉，美好欢喜，又不肯用情。

你我同为陌上客，竹舍听雨，提壶买春，虽风雅不尽，却不落情缘。你明明伴我走过水流花开，又转瞬如风，无有踪迹。虽说为梅，也如隔云端，只在文字中，闻得了香气，连花影都不见。

不约白云，也不邀清风，只坐于这低低的檐下，煮茶听雨，悠然翻书。那些年少许下的荒唐诺言，来不及挽回的过错，或是某个朝代遗失的风景，历史的兴亡，在我这里，皆得以消解。往后，再不为贪嗔爱怨所困，唯愿人世安稳，岁月无惊。

白落梅

前言
岁月静好，现世安稳

　　美丽的风景，似乎总在远方。于是，许多人选择在这个季节，信步去看一场花事，行舟去赏一湖春水。一路风尘，赴时光之约。有人将闲云装进行囊，有人将故事背负肩上。他们都在寻找那个属于心灵的原乡，可匆忙之间，又忘了来路，不知归程。

　　那时年少，一心只想着走出水乡的那座石桥，从此做个奔走天涯的过客。后来真的走出去了，历经春风秋月，遍赏静美河山。那颗不经世事的心，被岁月打磨，亦多了几分苍凉的况味。也曾和山川草木酿造过情感，与飞鸟虫蚁发生过故事，到最后，终究还是做了擦肩的路人，你来我往，各安天命。

　　当有一天，我划着倦舟归来，告诉自己，再也无须假装年轻，等待一段梨花似雪的相逢。忘记许过的诺言，告诉曾经携手做伴的人，相安无事，莫多惊扰。而后，安然于小小的旧宅，坐在闲窗下，接春水煮一壶新茶，把经

岁 月 静 好　　现 世 安 稳

年世事都泡在里面。且相信，喝下这盏茶，一段人生，又将重新开始。

阳光下，赌书泼茶，静坐小憩。偶有路人，打屋檐下经过。只借问一句：驿路边的梅花开了没有？湖畔的杨柳绿了没有？粉墙黛瓦下，这短暂的邂逅，竟成了高雅的风景。有限的时光，反而让我记住一个路人的风华。转身的刹那，能感知到彼此，眼眸中那一点淡淡的留恋。

后来，我终于明白，原来我以为回到了故里，其实一直都在行走。人生的终点，不是在山水踏尽时，亦不是在生命结束后，而是于放下包袱的那一刻。当你真的放下，纵算一生云水漂泊，亦可淡若清风，自在安宁。倘若心中藏一弯明月，又何惧世间迷离？烟火红尘，同样可以静赏落花，闲看白云。

仿佛走了很久，远方的风景，明明触手可及，却迟迟难以止步。只是再也不轻易留下约定，因为任何的等待，都比光阴更催人老。那些汲汲奔走，来去如风的人，珍重便好。世间风景万千，我只愿，每个人都可以漫不经心地走下去。某一天，谁先转弯了，或是谁不知所踪，均可无碍。

时间很短，天涯很远。往后的一山一水，一朝一夕，自己安静地走完。倘若不慎走失迷途，跌入水中，也应记得，有一条河流，叫重生。这世上，任何地方，都可以生长；任何去处，都是归宿。

那么，别来找我，我亦不去寻你。守着剩下的流年，看一段岁月静好，现世安稳。

岁　月　静　好　目录　现　世　安　稳

contents

第一卷
花开见佛

第八卷

海上重逢

花开见佛。佛在哪里？万木凋零的旷野，一株绿草是佛；宁静无声的雪夜，一盆炭火是佛；苍茫无际的江海，一叶扁舟是佛；色彩纷呈的世相，朴素是佛；动乱喧嚣的日子，平安是佛。何时见佛？在流年里等待花开，处繁华中守住真淳，于纷芜中静养心性，即可见佛。

第一卷

岁月静好　　现世安稳

花开见佛

人生是一壶禅茶

后来才知道，茶在众生的心里，有不同的味道。那一壶用静水煮沸的新茶，在茶客的唇齿间回绕，品后有人似觉苦若生命，也有人认为淡如清风。

茶有浓淡，有冷暖，亦有悲欢。用一颗俗世的心品茶，难免执着于色、香、味，而少了一份清淡与质朴。茶有了万千滋味，甚至融入了世事与情感。用一颗出离的心品茶，便可以从容地享受飞云过天、绿水无波的静美。

茶，源于自然，汲日月精华，沐春秋洗礼，从而有了如此山魂水魄的灵性。茶可以洗去浮尘，过滤心情，广结善缘。所以懂得品茶的人，也是一个愿意让自己活得简洁的人。我始终相信，禅是一种意境，有些人用一生都不能放下执念，悟出菩提。而有些人只用了一盏茶的时光，就从万象纷纭中走出，绽放如莲。

人生有七苦，众生流落在人间，是为了将诸苦尝尽，换来一味甘甜。繁华三千，但最后终归尘埃落定，如同夜幕卸下了白日的粉黛装饰，沉静而安宁。光阴弹指而过，当年在意的得失、计较的成败，都成了云烟过眼。任何时候，彼岸都只有一步之遥，迷途知返，天地皆宽。

《心经》云："无挂碍故，无有恐怖，远离颠倒梦想，究竟涅槃。"一个执着于此生的人，不适合修行。一个痴迷于因果的人，亦不适合修行。茶有佛性，犹如碧云净水，几盏下腹，心头便了无闲事。所以修行之人总喜欢将日子浸泡在茶中，抛弃杂念，证悟菩提心。

天地沙鸥，我们微如芥子。不让自己惊扰世界，也不让世界惊扰自己。人出生的时候，原本没有行囊，走的路多了，便多了一个包袱。而我们如何让世俗的包袱，转变成禅的行囊。只有用一颗清净依止的心，看世态万千，方能消除偏见，在平和中获得快乐。

岁 月 静 好　　现 世 安 稳

茶有四德，慈悲喜舍。所谓云水禅心，就是在一盏清茶中，品出生者必死，聚者必散，荣者必枯的真意。须知任何悲伤都是喜悦，任何失去都是得到。一个人对自己慈悲，才是对万物慈悲。

时光若水，无言即大美。日子如莲，平凡即至雅。品茶亦是修禅，无论是喧嚣红尘，还是寂静山林，都可以成为修行道场。克制欲望，摒除纷扰，不是悲观，不是逃避，只为了一种简单的活法。安住当下，哪怕是一颗狭小的心，亦可以承载万物起灭。

世间一切情缘，皆有定数。有情者未必有缘，有缘者未必有情。随缘即安，方可悟道。茶水洗心，心如明镜，一个人只要看清楚自己，即可辨别无常世界。意乱情迷时，大可不必慌乱。静心坐禅，明天会如约而至。春花依旧那样美，秋月还是那么圆。

《金刚经》云："过去心不可得，现在心不可得，未来心不可得。"我们无须为了注定的悲剧，选择感伤。但也不能为了将来的圆满，停止修行。品茶，是为了修心，在无尘的净水中彻悟禅意。让我们不为表象迷惑，免去那些无谓的漂泊，及早抵达清净的彼岸。

品茶可以让人宽恕过错，从而在杯盏中得到平和。真正完美的人生当留白，留白，即佛家所说的空明。人间是最能表现自我的剧场，如果有一天故事剧终，选择出离，一定要真的放下，而不是走投无路的放逐。要相信，别无选择的时候，会有最好的选择。

万法无常，缘起性空。万物既是因缘和合而生，亦会因缘而灭。晚云收，即是倦鸟归巢时。佛说苦海无边，回头是岸，每一次归返都是回头，每一次渡河都有舟楫。无论前方的路有多远，消除我执，此后风餐露饮，海天云阔，都是归属。

静水深流，简单的人其内心清和，更容易参透禅理。修佛亦如品茶，将一杯苦茶喝到无味，这就是禅的境界。人生应该删繁就简，任世事摇曳，心始终如莲，安静绽放。就如同万千溪涧，终究要汇入一条河流，潺潺清明，简静安宁。

喝茶，要一颗清淡的心、悲悯的心。哪怕处车水马龙的闹市，都可以感受春风过耳、秋水拂尘的清雅。云在窗外踱步，鸟在檐下穿飞。袅袅的香雾，似有若无地诠释虚实相生的人生。桌台上有一方闲置的木鱼、几卷经书，还有散落的菩提，在浅淡的月光下，疏淡清绝。

世间风云，变幻莫测。佛家讲究因果轮回，物转星移、飞沙走石，有一天都会烟消云散、寂静归尘。如茶，融汇了万物的精魂，倒入杯盏中，钟情一色，澄澈醒透。

出离需要的不是勇气和决心，而是善意和清醒。我们每日所看到的川流熙攘，凡尘荣辱，其实都只是一场戏。一个修行者要有足够的禅定，才可以走出人生逼仄的路径，看云林绿野，落雁平沙。

佛说，割舍就是得到，残缺就是圆满。我们曾经用无数时光都无法记住的经文，待了悟之时，却可以过目不忘。许多人认为精深博大的禅，其实就在一念之间，在每一个途经的日子里，在一滴水中，在一朵花间，在娑婆世界里。

品茶，可以用陶具、瓷杯、玉盏，亦可以用竹盅、木碗。众生品茶，多是为了打发闲寂的光阴。茶的味道、凉暖，似乎不那么重要。而僧者饮的禅茶，亦无须礼节，只是随性而饮，品出的只有一种般若味。

时光流转，云水千年。茶成了生活中的习惯，成了修行者不可缺少的知音。只是多少人可以将汹涌不安的岁月，喝到水静无波？多少人可以将混浊纷纭的世相，喝到纯净清朗？也许我们可以选择一个无意的日子，无论晴雨，不管春秋，饮下一壶人生的禅茶，回归本真，找到最初的自己。

也许有那么一天，我会饮尽红尘最后一盏茶汤，出离三千世界，换一世平宁。是迷途知返，还是禅定了悟，已不重要。此后寒山石径，乘白驹而行，饮下千江之水，将禅茶品到云淡风轻。

一花一叶
总关禅

赌书泼茶，倚楼听雨，日子清简如水。禅的时光，总是寂静无声。窗外风云交替，车水马龙，内心安然平和，洁净无物。如此清淡，不是疏离尘世，而是让自己在尘世中修炼得更加质朴。人生这本蕴含真理的书，其实掩藏在平淡的物事中。返璞归真，随缘即安。

那年的梅花，已不知遗落在谁的墙院下，老了青砖，湿了黛瓦。曾几何时，那些追求青梅柳梦、向往唐风宋月的人，开始只要一茶一书的生活。时光依旧如流，只是行走在时光里的人，迟迟不肯踱步。那些动荡不安的岁月，已化作流水淡烟。风月情愁的昨天，也只是刹那惊鸿。

　　对时光，我们无须敬畏，它赐予了众生苦乐，自己也在不经意中老去。每个人的心都是一扇小小的窗，开启是烟火俗世，关上便是云水禅心。有人有誓与红尘同生死的勇气，有人则有静坐枯禅无怨悔的决心。踏遍山河万里，蓦然回首，江湖里的快意恩仇，已成了浮云花事。

　　既知如此，再无谓去和流光一争输赢，白白耗损年华。做一个朴素简单的人，让心明净清澈。佛说："诸恶莫作，众善奉行，自净其意，是诸佛教。"看似简单，只要做一个良善之人，一个洁净之人，便是今生最大的修为。可是行走在红尘滚滚烟浪中，又有几人可以做到那样的极致。

　　心的净化，是最高深的禅意。众生之所以烦恼不断，是因为心被妄念浮云遮掩，不得清朗。如何掸去尘埃，让心似雪梨花那样洁白，如青天皓月那样明澈，则在于个人的修为、个人的善因。有时候，只一个刹那，妄念俱灭，一悟成佛。

　　《汉书》云："水至清则无鱼，人至察则无徒。"所谓物极必反，强极则辱，亦是如此。美玉还暗藏瑕疵，人又岂有完人？只要有容人的雅量，有坚忍的襟怀，便是美德。然而，这世间，有一条叫作禅的河流，无论行去多少年，始终清可见底，而众生则如过河的石子，可以在水底安然。

浮世清欢，如梦无痕。厌倦了凡尘往来，所以更多的人愿意做一株平凡的植物，尽管微妙，却有着比人类更简单、更质朴的生存法则。只想着如何安静地过完日子，不在意前因果报。在佛眼中，一草一木皆有情，一花一叶总关禅。佛陀所途经的地方，哪怕山穷水尽，寸草不生，因佛的到来，便都有了禅意，有了慈悲。

有人问，修佛的路途到底有多远？需要耗费多少光阴？佛陀用了千百年的时光来修行，历尽万千劫数，在彼岸佛国，为众生遍植莲花。而我们只需放下业障、贪嗔，找一只渡河的船，便可登岸。佛度有缘人，这个过程，也许刹那，也许一生。渡河的那艘船是什么？是佛殿檐前的一只蜘蛛，是寺院回廊的一缕荷风，是放生池畔的一株水草，抑或是漫天缥缈的一粒粉尘。

佛说："众生无边誓愿度，烦恼无尽誓愿断，法门无量誓愿学，佛道无上誓愿成。"净眼观世，风起云涌，鱼龙混杂，唯有心灵是净土。心安，则不会被世事惊扰。佛让众生暂居浩荡红尘，红尘则是道场，在这里，我们要学会随遇而安。盲目逃离，只会让自己陷入更深的困境。迷乱之时，即便行走在宽敞大

道，也是狭窄逼仄；清醒之际，哪怕坐落于老宅枯井，亦可天高
云阔。

花开见佛。佛在哪里？万木凋零的旷野，一株绿草是佛；
宁静无声的雪夜，一盆炭火是佛；苍茫无际的江海，一叶扁舟是
佛；色彩纷呈的世相，朴素是佛；动乱喧嚣的日子，平安是佛。
何时见佛？在流年里等待花开，处繁华中守住真淳，于纷芜中静
养心性，即可见佛。

佛一直在度化着、关怀着芸芸众生。如慈母灯下缝补，企
盼远行的游子；似名将遥望月色，思念故里的红颜；若村妇倚着
柴门，等待归来的樵夫。而这些沉醉于红尘的世人，是否真的能
够放下？游子可以放下绿水青山的风物吗？名将可以放下收复山
河的成就吗？樵夫可以放下一粥一饭的生活吗？唯有放下，方可
成佛。

宋代禅宗将修行分为三个境界：第一境界是"落叶满空山，
何处寻芳迹"；第二境界是"空山无人，水流花开"；第三个境
界是"万古长空，一朝风月"。佛法与天地同存，我们只做宇宙
万物中那一种属于自己的生灵，安静生长，平凡度日。修行在于
每一个春耕秋收日子里，他年自有果报。

岁 月 静 好 　 现 世 安 稳

　　光阴还是那样，有增无减，草木依旧常青，只是我们不再年轻。年月深长，人生走过的片段总是似曾相识，那是因为季节在往返，故事在重复，而世人也终究如此，别无他恙。有一天，时间会吹散一切，所有的猜疑，所有的迷惘，以及所有的不安都将隐去，直至一尘不染。而那些封存在岁月里的窖酿，也会在适当之时被开启，于某个风清月朗的日子，淡淡品尝。

　　天然璞玉，需要时光的雕琢。锦瑟人生，则要禅心的滋养。且将繁弦急管，交付给丝竹清音；用凡尘烟火，换一盏玉壶冰心。在无常世间，面对不可预测的明天，今日所能做的，就是静心坐禅，养我性情。让自己慢慢从乱世风烟中走出来，变得干净而明澈。

　　《六祖坛经》云："一切众生，一切草木，有情无情，悉皆蒙润，百川众流，却入大海，合为一体。" 三生石上种因果，一花一叶总关禅。我们不求水月在手，不求花香满衣，只愿光阴简约美好，平淡素净。有朝一日，佛缘到了，便是终点。

如水良辰，温一壶白月光，在落花深埋的小院，抚一曲《云水禅心》。白日里飘飞的尘埃，此时已散尽，烟云收敛，世事忘机。红尘脂粉皆落幕，鸟雀尽归山林。流水无声，一叶野舟横渡，浮世清波里，已寻不见往事的背影。

闲云悠悠，流水淙淙，这叮咚无意的琴音，让我忘却烟火世情，只念灵台清澈。江南丝竹的清越与空灵，给人一种飘忽不定的美丽与柔情。那些行走江湖、琴箫相伴的日子早已远去。走过风尘的时光，岁月不再温厚，曾几何时，异客已归旧乡，青春也换苍颜。

什么是云？云在万里长空自在飘荡，无根无蒂，没有归宿。

岁 月 静 好　　现 世 安 稳

随着四时景致，变幻莫测，朝暮不一。时而绚丽如虹，时而洁白似雪；时而浓郁如雾，时而散淡似烟。它的名字叫云，傲然于苍穹之上，千般姿态，万种风情。随缘而聚，随缘而散，一世光阴，了无痕迹。空空而来，空空而去，三千幻象，总是迷离。

何谓水？上善若水，从善如流。水的一生都在谦下，造化众生，滋养万物。不见其形，却闻其音，识其骨。柔弱之水，却有水滴石穿的刚强。潺潺溪流，却有汇聚江河之气势。潋滟清波，却有深不可测的襟怀。汹涌波涛，却有婉约轻灵的韵致。这就是水，可以淘尽悲欢，亦可以洗尽铅华。它流经日月，优雅从容，宁静怡然，无所欲求。

禅心是什么？禅心是午后阳光下的一壶清茗，是苍茫绿野中的一树菩提，是似水流年里的一寸光阴，是人生戏剧里的一段插曲。禅心是在寂静山林拣尽寒枝，在孤舟柳岸独钓江雪；也是在红尘路上匆匆来往，在风雨江湖快意恩仇。你坐禅内，心在尘外。你处尘间，心依旧可以在禅中。

一个人唯有将锋芒磨尽，才可以真正自在淡然。那时候，便懂得平静地对待人生的聚散离合，接受岁月赠予的苦难与沧桑。曾经绰约的年华，如今看似寥落寡淡，却有了几分风骨，多了一

种韵味。唯有这般，才能拥有一颗清醒的禅心，任凭烟云变幻，
逝水滔滔，亦不改山河颜色。

《六祖坛经》云："世人性本清净，万法从自性生。思量一
切恶事，即生恶行；思量一切善事，即生善行。如是诸法在自性
中，如天常清，日月常明，为浮云盖覆，上明下暗；忽遇风吹云
散，上下俱明，万象皆现。"

每个人最开始都是良善的自己，只因入世久了，经历了太多
的事，与太多的人相处，才不再那么慈悲。这是一个从陌生到熟
悉，由简单到繁复的过程，也是人生必经的路途。有些人，转过
几个岔路口，便重遇初时的自我，拾回过往的简洁和清澈。有些
人，百转千回才能够清醒自知。

也许等到那么一天，世事淡然，我们再不必和旧梦一一相
认。而整个过程，我们有过得失，多少聚散，多少善恶，亦无须
计较。因为我们始终没有丢失真实的自己，能够在朗朗乾坤下坦
然地活着，就是岁月的勇者。能够在寂静的午夜，和一弯明月遥
遥相望，就是真正的慈悲。

浮生梦幻，皆为泡影，如露如电，似雾似烟。昨日风暖菩提

绿，今宵霜染枫叶红。生命就是一场鸿雁的远行，待到春潮消退之时，秋风乍起之日，才懂得归来。那时候，踏遍河山万里，访遍驿路他乡，又怎会不知，真正的释然是放下一切，随遇而安。

南柯一梦，空老山林。芸芸众生费尽心思寻找的桃源，原来不在世外，而是在颜色缤纷的人间。在这里，花落水无声，晓寒烟草迷；在这里，竹林闻鸟语，山寺钟声远。三更风雪，便可让青山白头；一盘棋局，便可定楚汉胜负；一叶扁舟，足以抵达禅的彼岸。

世事多涛浪，沉浮一念间。人去千山远，今夕共月明。有那么一个地方，无论我们走得多远，迷失多久，陷得多深，都会将你我等待。那时候便是归巢的倦鸟，守着一座安稳的旧宅。不与春风诉说离别的衷肠，只和一扇轩窗，静看闲庭的花落花开。这个地方，便是心灵的菩提。

伶人入戏，不分台上和台下。而禅者入世，亦分不出尘内和尘外。因为他们都已经修炼到一定的境界，早已不受外界的风云惊扰。任何时候，都是主角，也都不是主角。他们有足够的定力，守着那座属于自己的城，无须承诺，无须誓言，就可以地老天荒。

　　人世间的生灭故事，起落情感，与大自然的荣枯原本相通。王国维词中有这么一句："君看今年树上花，不是去年枝上朵。"我们以为花落了，还会再开。竟不知，花开了千百次，却再不是从前的朵儿。一棵树的一生，如同人的一世。树是春繁秋萎，而人则是盛年一过，不可重来。

　　所有的执着，都只是一时的妄念，走过去了，幻灭尽消，便永不复起。走不过去，当为劫数，红尘路上另有一番周折。只有在心中种一株菩提，自性自悟，顿悟顿修，将无常当寻常，将有相当无相，方能真的解脱，似流云来去自由，纵横尽兴。

　　没有谁知道禅的境界到底是什么，亦不知道该用什么方法去修炼。一个人，只要心存善念，少有欲求，自可减去尘劳，明心见性。《六祖坛经》云："自性若悟，众生是佛；自性若迷，佛是众生；自性平等，众生是佛；自性邪险，佛是众生。"佛缘到了，便瓜熟蒂落，水到渠成。那时候，草木即佛，山石即佛，凡夫即佛，俗子即佛，万物众生皆是佛。

　　花落无言，流水不语。在清明简净的日子里，当淡了心性，坐幽篁阵里，品潋滟茶汤。看那白衣胜雪的女子，眉目清澈，不施粉黛，抚一把七弦绿绮，唱一曲云水禅心。任萧萧竹叶，悠悠白云，来来去去，聚聚离离。

云水禅心

空山鸟语兮，人与白云栖

潺潺清泉濯我心，潭深鱼儿戏

风吹山林兮，月照花影移

红尘如梦聚又离，多情多悲戚

望一片幽冥兮，我与月相惜

抚一曲遥相寄，难诉相思意

风吹山林兮，月照花影移

红尘如梦聚又离，多情多悲戚

我心如烟云，当空舞长袖

人在千里，魂梦常相依

红颜空自许

南柯一梦难醒，空老山林

听那清泉叮咚叮咚似无意

映我长夜清寂

　　很多年前，以为佛该是无情的。因为出家之人，要放下执念，了断尘缘，方能幽居山林古刹，不问世事。他们与外界不复往来，偶有伶仃香客，也只是结下浅淡的佛缘。所以，他们只能在自然万物中汲取天地灵气，在时光更替中感知冷暖世情。于是，他们将云崖上的一棵老松引为知己，和古井上一株青草做了莫逆之交，与石阶上一只蝼蚁成了忘年之友。

　　之后才明白，佛是深情的，他以身试劫，才有了水天佛国的莲花净土。佛施爱于众生，让陷落尘网的你我，多了一份良善的选择，在悲悯中得到了宁静的解脱。而佛从不贪恋烟火繁华，一直清淡自持，静坐云台之上，平和安详。

岁 月 静 好　　现 世 安 稳

　　为什么佛可以放下个人情怨，施大爱于人间，而世人却沉浸在自己小小的情爱里，总是落入无法自拔的境地，是修为不够，还是命定要历尽尘劫才能够免去因果轮回？生生世世，岁月的忘川，从来都没有停止过匆匆往来。

　　人生有情，所以有挂碍，有烦恼。佛说，五百年的回眸，才换来今生的擦肩。所谓缘定三生，一些遇见仿佛都是前世注定，故有今生不了之情。佛让众生要懂得惜缘，尊重情感，却也规劝我们不要情迷双目，在岁月无涯的旅途中，丢失真实的自己。

　　《华严经》云："一切众生，皆具如来智慧德相，但因妄想执着，不能证得。"无法从容自若，是因为不能忘情。所谓苦海无边，回头是岸。有情是苦海，无情是岸。大千世界，万般皆苦，而世外之人，把诸苦看作诸乐，把有情当作无情。所以他们总能于喧嚣中，求得宁静；于大悲里，获得欢喜。

　　在放下之前，都有一个执着的过程。这个过程，也许不是凤凰涅槃，却也要经历无数次沧海桑田。佛陀阿难出家前，在道上邂逅一美貌少女，只这么一面，便从此爱慕难舍。佛祖问他："你有多喜欢那少女？"阿难回答："愿化身为青石桥，

受五百年风吹、五百年日晒、五百年雨淋，只求那少女从桥上
走过。"

　　这般情深，于当下只能算是个神话。有多少爱，经得起地老
天荒？莫说是五百年，即使三年五载也难以坚持。爱的时候，甘
愿舍弃前世今生的修行，只为一个人存在。不爱的那一天，则希
望删去所有相关的记忆，洁净一身。

　　也许很多人都想知道，阿难皈依佛门后，是否还记得当初的
誓约？等到那个美貌少女成为一个沧桑老妪时，他是否依旧情深
不改？他也许可以为她化作石桥，化作碧水青山，化身千百亿，
他亦可以清净无一物。倘若阿难与这位少女成就一段姻缘，又是
否可以把一朝一夕的平淡日子，坚守得情深意长？

　　没有假如，就像我们无法从一个预言中得到确切的结果。在
失去爱情的日子里，流年依然无恙，岁月寂静如初。可那些以为
可以遗忘的往事，竟一件也没能忘记，但又无力计较，只好顺应
自然。世事纷繁，你把一出戏做了真，那么一切就成了真。你把
生活当了假，那么一切就真的是假。

　　每个人对待人生的态度不同，对待感情的方式亦是各有千

秋。佛叫人不要对爱有太多的执念。可佛却对众生施与更多的爱，又不图任何回报。这世上总有一些人，非要等到千帆过尽，才开始知道回头；要等到流离失所，才开始懂得珍惜；等到物是人非，才会开始怀念。

在遥远的布达拉宫，曾经住过那么一位情僧，他叫仓央嘉措，受万民膜拜。尽管禅心清澈，却不能为情感做主。他当年写下过那样刻骨铭心的诗句："世间安得双全法，不负如来不负卿。"就是这样一位端坐于莲台、普度众生的情僧，心中却忘不了红妆男女的幸福生活。

在西藏，那个随手就可以摘取云朵的神秘之处，关于他的传说，就像情歌一样，遍及每一个有草木、有湖泊的地方。许多人跋山涉水去寻找，去膜拜，不仅是为了一份信仰，更多的是因为这位浪漫情僧给那里带来的梦幻般的神奇和美丽，让世人相信，在那片神秘的土地上，遍植情花。那里的每一条河流、每一座青山、每一只牛羊，都会被超度。

后来又有一位情僧，他是红尘中的一只孤雁，飘零半世，尝尽情味。这个被批过宿命的僧者，叫苏曼殊。他的一生，几次遁入佛门，却又始终不能忘记世缘。在他离开人间的时候，留下八个字：一切有情，都无挂碍。可他真的顿悟了，放下了吗？活着的时候，他辜负了诸多红颜，每次闯下祸，便转身逃离。并非他无情，而是真的无力承担。

一定还有许多我们知道的，以及不知道的情僧，他们有着莲花的品性，是佛前的一粒芥子，又是情海的一朵浪花。这些人无论是坐禅于佛前，还是奔走于尘世，他们所修行的，皆是情字。跪于蒲团，用千百年光阴，几世轮回，换取一世姻缘，一次相逢。待有一天得偿所愿，便可以彻底了断执念，心似琉璃，清澈如水。

佛曰："诸行无常，一切皆苦；诸法无我，寂灭为乐。"在修炼的过程中，不是一意孤行地让自己与繁复的世事划清界限，而是处身缭绕的烟火中，依旧可以清凉似雪。踏遍苍茫河山，昌盛的万物，各安其因缘天性，谁也无法将谁取代。走过的路，遇见的人，发生的事，如同滔滔江水，不可逆转。

你到底还在执着什么？明知道每个人都是天地间的微尘，有一天都会不知所往。佛陀阿难纵是化身为青石桥，受尽千百年的风吹日晒，又可知那位少女是否禁得起岁月的轮回？也许她在某一世就化作粉尘，灰飞烟灭，无魂无魄。也许她在某一世幻化成莲，在佛前修成正果，再也无须转世。

一切有情，皆为过往。在烟云弥漫的路口，什么话都不必再说。告别之后，再也不要回头。转身的刹那，请一定忘记，我们曾经重叠过的那剪时光。

　　都说人间是剧场，那些穿行在凡尘的众生，每日在忙碌地编排一场叫作生活的戏。走过许多座桥，看过无数流云，经过千百次聚散，有一天，是否需要摘下人生的面具，做一回纯粹洁净的自己。在菩提树下淡然修行，看青山遮日，绿水无波。

　　四时流转，那些经历了千万年的岩石草木，同样抵不过光阴的轮回。其实，所有的路都是自己选择的，每一个渡口都是自己甘愿停留的，因果命运从不曾亏欠你我什么，我们没有理由去抱怨。修行是一味药，一味可以让愚者变得聪慧，让醉者换来清醒，让痴者早日觉悟的药。所以众生应当割舍尘缘，了断宿债，轻装上路，去寻找梦里曾见过的菩提花开。

昨日一切已是往事，卸下与流年相关的装饰，从浮世里从容走出，心灵纯如水色。此后，渔笛唱晚，弄月放舟，任凭芦花似雪，烟霏云敛。菩提树下，蒲草如往，这是一个慈悲的道场，世间万般生灵都可以在此修行，不分彼此。曾经模糊不清的世事，开始明澈；曾经迷离恍惚的情感，已然放下。

修行，是一种自由而洒脱的出离。所谓行至水穷处，坐看云起时，就是修禅的境界。让原本逶迤起伏的生命路程，在自然山水中找寻到简约的大美。真正的彻悟，不仅是在浮躁中获取安宁，也是从寂寞里得到解脱。不仅是将热忱得以释放，也是让冷落能够平缓。我们要做的，不是让自己如何勤心修炼，学会深邃，而是要删繁就简，从容相待。

当年六祖惠能有偈语："菩提本无树，明镜亦非台。本来无一物，何处惹尘埃。"六祖是在点化众生，世间一切物象皆是空幻。有人问，如何修行才可以彻底忘记前尘种种，安然活在当下？

既不是消极逃遁，也不是艰难抉择。喝一碗孟婆汤吧，那样是否就真的可以删去所有记忆，连同爱恨悲喜一起遗忘？也许孟婆汤的本意并非要让一个人如此决绝地了断过去，而是希望每个人可以洗净铅华，从此告别红尘的浮花浪蕊，在菩提树下获得重生。就那样摆渡而去，离开瘦水小桥，碧云烟柳，在江天彼岸，寻找那朵纯洁的菩提花。

那些曾经说好了在人间同生共死的人，最后也只是一笑作别，江湖两相忘。也许某一天在求佛的路上，会再度重逢，但早已忘记昨天的海誓山盟，各自安好。菩提树下，多少冥顽不灵的生命，都可以得到顿悟。他们开始尊重每一种生灵，开始相信世间所有的一切都是自然天成，没有丝毫造作。

背上禅的行囊，从最深的凡尘里走出，青山作幕，流水为台。江雪独钓的是我，伐薪南山的是我，云中往来的是我，头枕石块的是我。只有与自然同行，才可以不问年光，任凭白驹过隙，内心古井无波。倘若迷失荒野，醉倒枫林，只要找到一株菩提，就寻得归宿。守着一片纯净的天空，感知自然，看日落风清，山河寂静。

渡，水是路，莲为舟。那些与你同船共渡的人，没有谁能够陪你走到终点。一些人半途道别，一些人擦肩而过，一些人不明下落。但我们应该相信，无论路程多么遥远，他们都可以找到属于自己的那道岸。所以，永远不要去质疑一个人的善良，因为在绝境面前，众生早已情不自禁地学会了原谅与宽恕。

　　世间所有缘分，原本都是寻常的、平淡的。是因为有些故事流转了千年，有些等待辗转了几世，才令人觉得今生的遇见，是多么不易。我们所看到的幸福与灾难，在同一条河流里漂浮，到最后都分辨不出彼此的意义。时光不语，曾经真实相处过的人事，渐次遥远而渺茫。只有那朵菩提花不会老去，岁月无法将之磨损半分。依旧修炼在红尘里，依旧明净着，清朗着，安稳喜乐，平静祥和。

　　佛说："人生在世如身处荆棘之中，心不动，人不妄动，不动则不伤；如心动，则人妄动，伤其身痛其骨，于是体会到世间诸般痛苦。"任何时候，都要做简洁的自我，宽容对待生活，珍爱自己与身边的每一个人。唯有如此，才可以拥有一颗干净的琉璃心。纵是不经意覆满时光尘埃，也泾渭分明。三千世界，浮光掠影，我们看到的就只是一粒微尘、一瓢秋水、一弯清月。

　　做一个像水一样洁净的梦，梦里已不知几度菩提花开。在万佛悠悠的禅境中，千年也不过刹那，而刹那即是永远。总以为这世上没有不可消解的恩怨，没有不能打动的人心，那些风月往事、前缘宿债，都可以在明净的光阴里释怀。

　　都说人生是一出永不谢幕的戏，所以任凭江山换主、沧海桑田，只当作自然规律。空山落叶，苍苔小径，无论曾经以何种方式道别，总会不期而遇。待岁月的浮尘都被过滤，就把每一天当作良辰吉日，把每个人当作生命里的初见，把每朵花都唤作姹紫嫣红。

　　后来，才知道有这么一首歌，叫《菩提花》。清澈的声音婉转地唱彻千年情事，让人忘记修行，不由自主地随之动了尘念。但也只是短暂的凝神，动人的旋律结束后，我们都要放下。任何留恋都将坠入光阴的轮回，多年修炼则会前功尽弃。修禅的境界，不是静水深流，而是随缘而安。

菩提花

我是菩提树上菩提花，冷眼看人世千年尘沙

你流连树下，回眸那一刹，天地间只剩你眉眼如画

湖面照你衣白似雪傍荷葭，尘念一动红豆为谁发

湖面照你眸光似水傍月华，从此铭记成一生牵挂

我忘却千年修行轮回凡人家

只为找寻红尘中一个他，徒步走天涯

回忆绣我窗纱，清静身影落落谁迎迓

茫茫人海中桑田变幻又一夏，我已是脚步蹒跚白了发

昔日菩提下，谁在空自嗟呀，湖面依稀一朵菩提花

我是菩提树上菩提花，冷眼看人世千年尘沙
你流连树下，回眸那一刹，天地间只剩你眉眼如画
长亭十里忆你风袖迎晨霞，清酒一壶醉里弄琴琶
长亭十里忆你薄衫牵骏马，梅雨一帘多少相思话
我忘却千年修行找寻一个他
堕入红尘就从不曾放下，宣纸凭墨洒
五月的山水下，眉眼如画白衣傍荷葭
茫茫人海中容颜老去白了发，望断来世尘缘中谁是他
青瓷一碗茶，沏入了前生卦，菩提树前已无菩提花

多少情深如许的红男绿女，成了人间陌路。多少地老天荒
的誓言，成了风中飞絮。不重要了，在悲悯的佛前，这些红尘琐
事早已微不足道。来日方长，如果有缘，愿世间你我，可以相聚
在菩提树下。喝几碗禅茶，读几章经文，看一场菩提花落，又
花开。

也许我们都知道，万物之中被众生认为最有佛性的，是佛前的青莲。做一株佛前的青莲，于净水中悠然生长，不仅是信徒的梦想，更是众生的心愿。

仿佛任何人在任何时候，只要做了佛前的那株青莲，就可以把种种过往留在那座叫前世的城里。亦不论曾经尝食了多少人间烟火，都可以在刹那回归纯净。众生痴迷于莲的风骨，爱上那一抹遗世独立的清凉。

多年前，佛与莲做了莫逆之交。灵山胜境，万佛端坐在莲台之上，俯瞰众生。他们对世间游走的万物，施与慈爱，不择微贱。为了万物众生少受煎熬之苦，免去不必要的轮回。此前，佛

亦是游历在人间的缥缈微尘，有过离合悲喜。因某种生物良善的
度化，才放下妄想与执着，有了如今的淡然和安逸。

做一株水中青莲，安于佛前。每天听着檐角细微的、不可
辨认的风声，看恍惚稀疏的月影。无论槛外光阴流淌得多缓慢，
又或是走得有多快，莲依然故我。那些从红尘来到佛前的人，卸
下世俗所有装扮，回归本真，和一株莲开始了漫长又清澈的灵魂
对话。

莲以慈悲清醒自持，听惯暮鼓晨钟，漫读经卷诗文，早已净
化为最有灵性的洁物。莲植于三千弱水中，得一世清白，让散落
人间的生灵不再暗自悲伤。那一株青莲已不知在佛前修炼了多少
年，沉溺在水中，不能拔节而出，从此轮回也成了美丽。

当一个人面对熙攘尘世无法脱离时，与其妥协让自己跌进染
缸，不如通透地放下。在季节的回廊里，看云在天边飘游，月在
梢头遥挂，一枝青梅静悄悄地探入院墙。如果凡尘真的有那么多
的不舍，可以选择留下，只要不去在意荣枯。此后，几卷经书，
一盏清茶，在平淡的流年里，简静度日，别无所求。

从何时开始，众生羡慕佛前的青莲，虽陷于泥淖之中，却

远离烟火，冰清玉洁。也许在那些个山高月小的日子里，莲也会寂寞，但始终可以清醒自持，不惊不扰。真的孤独了，就倚着栏杆，看南飞燕子寻觅旧巢；或跪于蒲团上，听佛陀讲述菩提往事。

彼岸灯火阑珊，此岸晓风冷月。从来红尘与佛界都只有一步之遥，只看众生佛缘和造化。觉悟的人，早已渡河登岸，栖莲而居。执迷的人，还在河中漂荡，不知归返。有人说，等最后一朵花落尽，最后一盏茶凉却，最后一段情了断，就出离。可就是这样的等待，让青丝成了白发。光阴说没就没了，今生的佛缘也不复重来。

虽说出离要趁早，但人间万事终讲究缘法。不是住进庙宇，就可以心静无尘，了无挂碍；亦不是坠落尘网，就污浊流俗，不能解脱。众生平等，佛前的莲，红尘的莲，没有贵贱之分。谁先觉悟，谁就提前走出人间津渡，过般若门，此后无来无往，不悲不喜。

《华严经》云："一切众生，皆具如来智慧德相，但因妄想执着，不能证得。"同为青莲，听佛祖讲法，有的一次就醒悟，有的千万次都不解。是守不住孤灯寂寞，还是贪恋凡尘烟火，种种前因皆由自身承担。禅是明镜，可以洞穿世间迷离幻象，让该留的留，该走的走。

出离，无须装点行囊，而是放下布袋，濯洗心灵，物我相忘。出离是退出繁华落英，不问红尘事，做我方外人。彻悟，是再不为世相迷惑，任何时候都流露真实的自我。禅的境界，最珍贵的莫过于自然通透。就算迫不得已不能出离，陷于市井之中也要超然事外，禅心止水。

心似莲开，一叶一花皆为禅。芸芸众生爱它一半入尘、一半出尘的自在坦然。莲从不给众生任何承诺，不许下任何约定，因为所有虚无的等待都是那么无辜。也许因为莲别具风韵的佛性和清洁，让众生一见倾心。所以他们祈愿，今生可以做一株佛前青莲，敢于寂寞地细数光阴静美，月圆月缺。

也许众生不明白，为何那株青莲历经沧桑，依旧可以在季节的路口与人不期而遇，并且永远那般轻逸、散淡。修行之人当如莲，洗尽铅华，淡淡而开，浅浅而落。坐于蒲团上，看万物山河一律平等，度一切可度之人。

唐人李翱写了一首问道诗："炼得身形似鹤形，千株松下两函经。我来问道无余说，云在青天水在瓶。"禅的存在，就是这般自然，如白云在天，净水在瓶，清透明了，简洁质朴。人间万物总关禅，修禅之人，不论尊卑，不论深浅，只需有一颗纯净向道的心。

窗外挂着菩提月，水中静植妙心莲。年华似雪，在炉火上烹煮，所有的悲欢都被蒸腾，留下透明的清水供众生品尝。禅可以疗伤，可以解毒，可以给渴望清凉的人以风，给期盼温暖的人以阳光。永远不要质疑一个人的禅心，也永远不要问该如何修禅，因为禅是行云流水，自在天然。

佛说，来日往生极乐，是在七宝池上莲花中化生。一人一朵净莲，资质好的，开得早些；悟性差的，开得迟些。同在修行路上，不管是波澜不惊的禅定，还是担月挑风的苦行，归处皆是一样。纵是化身千百亿，也须沉浸在功德水中，等待一次逢缘的绽放。

《金刚经》云："凡所有相，皆是虚妄，若见诸相非相，即见如来。"这就是禅的境界，不管过程如何，山重水复或千岩万壑，到最后，万流同宗，万法归一。所以，在每一个修行的日子里，不必跋山涉水，只安于当下，看窗外微风细雨，云来云往。

　　穿过荆棘遍布的人生丛林，前方已是一路平川，天远地阔。放下我执，随缘自在。来世愿化生莲台，坐弥陀身下听经。用菩提悲心，度我如莲众生。

那些红尘中
的擦肩

人的一生有太多的际遇，无论你选择哪条路径行走，都会有擦肩的过客。红尘之内如此，菩提道场亦如此。在必然的聚散离合里，这些人有一天都会离你而去。缘深缘浅，时光长短，也只在来往之间。

因缘流转，起灭都不可预测。这世间没有谁可以真正地陪你走到人生的最后，万古不变的唯有绿水青山。那些参悟了佛性的生灵，在远行的路上注定不会迷失，不会寂寞。穿过摩肩接踵的人流，许多错失的机缘都成了收获。因为哪怕只剩下一席寒榻、一件旧衫、一碗清粥，我们还可以依托自己。

每个人都是渡河的石子，都是我们走向光明的灯盏。相逢是云聚，离别是云散，都不会影响天空的美丽。漫步在红尘交错的阡陌上，与谁同行并不重要，重要的是给自己找到那条明朗通透的路，此后碧水云崖，天高地远，不尽悠然。

随缘自在，自在随缘。一尘含万象，一念具三千。世人总喜欢把相遇当劫数，把名利当作挣脱不了的尘网。却不知，一颗禅定的心可以承担人间一切风云变幻，世浪翻涌。那些曾经狭路相逢的人去了哪里，早已不需要答案。

《圆觉经》云："一切众生种种幻化，皆生如来圆觉妙心，犹如空花，从空而有。幻花虽灭，空性不坏，众生幻心，还依幻灭，诸幻尽灭，觉心不动。"人生幻化如梦，一个擦肩，一个转身，便物是人非。对于过往，不须回首，当像清风一样干净、流云一样洒脱。

修行之人，一切法，皆为佛法；一切心，皆为禅心。用般若的眼睛看娑婆世界，每一粒微尘都有定力，每一株草木皆为良药，每一寸土地都绽放莲花。人间是最完美的修行道场，在混浊的烟火中，可以找到一面清明的镜子，见性成佛。从此便是清风朗月，快意平生，水天一色，山河自在。

佛在人间游行，众生都有与佛相遇的机缘。也许在某条青石雨巷，某个离别渡口，抑或是某条落叶山径。又或许喝过同样一壶茶，采过相同的一枝花，坐过同一个蒲团。佛途经的地方，都是清凉国土。佛施爱的地方，都是菩提世界。

对于禅者，所有的因缘，所有的悲喜，都可以在阳光下晾晒。一个禅者，追求的不是内心如何深邃，而是让心如何清透如水。行走在刀口剑锋之上，依旧可以做到从容坚定；迷失在云海雾霭之中，依旧可以明心见性。

花开是有情，花落是无意。来者是缘起，去者是缘灭。三千世界，每一天都会有擦肩，每一天都会有重逢。修禅无须刻意，许多人为了一段情缘，甘愿往返在轮回道上，哪怕历尽数千年的等待，换来的只是一个仓促的回首，都无悔无怨。但也许就在回眸的刹那，于流年光影里，恍然顿悟。任何的我执，都是烦恼，唯有放下，方能自在。

人与人之间的缘分，虽有宿命之说，但生命中许多安排都纯属意外，我们无须为了一些意外去执着于风月。修禅亦是如此，无须刻意，贵在天然。万物皆有佛性，就看你如何在每一个平凡的日子里，找到那一片属于自己的风景。

那些远去的过往不是用来回首，也不是用来遗忘的，只当作简单的存在，当作登岸必经的溪流。不去在意谁曾来过，谁又走了，擦肩虽只有刹那，停留也不会是一生。世事渺茫，当年依稀的旧梦早已化作落红无数。我们大可不必去捡拾一无所有的昨天。

泛舟江湖，遇红尘涛浪都无所畏惧。只要不被情感和名利的绳索束缚，任何时候都可以破水而去，乘风而行。红尘如逆旅，我们都是行人，是过客。在生命的起点一路跋涉，尝尽风尘，行囊里背负的都是经年过往。而归程究竟在哪里？世俗之人，认为放下肩上的背囊就找到此生的故乡；而修行之人，只要心如净水，便是了悟。

众生往返，无论遭遇怎样的劫数，任何一场人间游历都会戛然而止。那一天，世事水落石出，波澜不惊。世人走遍万水千山，那些晓风日落，花红柳绿，成了转身便忘的风景。而佛陀只需禅坐在菩提树下，不凭借外物，就可以感知自然，获得证悟。

《金刚经》云："一切有为法，如梦幻泡影，如露亦如电，应作如是观。"人生如梦，凡尘种种皆是浮光掠影。用一颗菩提心，容纳众生众苦，万物皆纯和纯善。

禅是朴素的，无须美妙生动的修饰。禅亦是寻常的，不是邈远迷幻的神话。禅在我们平凡的生活中，在人生经过的路口，在每一个擦肩的刹那。只要内心通透平和，任凭风云席卷，星残梦缺，也可以花好月圆。泡一盏茶静坐，世事山河尽落杯中，乱世浮烟都归于纯净，似皓月澄辉。这便是禅的境界，是彼岸最美丽的莲开。

这世上没有不解的经文，每一个渺如尘埃的生命，皆有不可言说的佛性。渡，世间万物都是过河的船。一片绿叶，一缕清风，一朵荷花，一只蝼蚁，亦可以修炼成佛。只是那时候，又是否还会有未了的前缘，等待相续。

有这么一句话："下辈子，无论爱与不爱，都不会再见。"有些人认可了这句话，所以学会了惜缘。亦有人认为爱有来生，于是在情感的路途上继续漫长的远行。世间情缘飘忽不定，曾经深刻的相逢，到最后却抵不过一个擦肩的路人。

岁 月 静 好　　现 世 安 稳

　　《心经》云："是诸法空相。不生不灭，不垢不净，不增不减。"心无挂碍，澄净纯一。在修佛的路上，不必执手相依，任何时候都会有清风朗月相伴。那些曾经在红尘路上擦肩而过的人，有一天终会相遇，那时候，只需用一颗良善平常心相待就好。

今生只作
最后一世

倚一扇小窗，看几件寻常旧物，闲置于庭院。案几上，清风翻起了书页，已辨认不出是哪个朝代的墨迹。时光就这样过去了，过去了。如今才明白，外界的风云只是一时，那些简洁而灵透的事物流经岁月变更，始终沉静，不受侵扰。

一切有情众生皆有佛性。可见素日中那些微不足道的小景小物，在无人问津的角落里修行。只因少了世俗刀光剑影的磨砺，少了红尘烈火烹油的熬煮，所以无有太多锋芒，反而更见悲心。来世这些灵性之物，化生莲花，必定为极品。而处身碌碌凡尘中的你我，却要多修炼几世，才可以功德圆满。

偶然间看到这么一句话："今生，必须是最后一世。再来

岁 月 静 好　　现 世 安 稳

时，脚踏莲花。"说这句话的人是谁已无从得知，但可以看出其
道心坚定，誓与尘寰断绝往来。在光阴逼仄的甬道里，众生皆怕
经受无常轮回，不愿重蹈覆辙。众生芸芸，有一天都要消逝在茫
茫人海，他们是否真的可以随心所欲选择自己的归宿？

　　时光越老，人心越淡。曾经说好了生死与共的人，到最后老
死不相往来。岁月是贼，总是不经意地偷去许多美好的容颜、真
实的情感以及幸福的生活。也许我们无法做到视若无睹，但也不
必干戈相向。毕竟谁都拥有过花好月圆的时光，那时候就要做好
有一天被洗劫一空的准备。

　　每个人的一生都有几次劫数，唯有历尽尘劫，才可以远离大
千世界，免受沉沦之苦。生命是一场无法预测的旅程，无论你我
走到怎样不可收拾的境地，都要淡定从容。每一次不如意，每一
个不顺心，其实都会有预想不到的结局。风随云转，柳暗花明，
就是如此。

　　红袖添香，情深不寿。明知这般，依旧会有人前仆后继地
奔赴滔滔情海，不问下落。是我们要得太多，还是每个人的生命
里都有一段或几段这样必经的路程？看惯了秋月春风，又怎会在
意自然频繁的更替？尝尽了悲喜离合，又怎会轻易被某种情愫

惊扰?

人生百味，世事洞明。佛经云："多欲为苦，生死疲劳，从贪欲起，少欲无为，身心自在。"身处繁华俗世，太多色彩纷呈的诱惑让人难以抗拒。多少人，可以舍弃丝绸锦缎，而着粗布素衣；可以舍弃玉粒金莼，而食粗茶淡饭。同在世间行走，有些人要尝遍市井烟火才肯罢休，有些人的心早已回归山林，愿与山水共清欢。

古人云："人到无求品自高。"无求即是无欲，人若能无欲，品格自然高尚，而苦恼也会消散。但能够做到无欲无求的人，又岂是等闲之辈！在风尘弥漫的人世间修炼，有人痴迷惊艳华丽的风景，有人独恋似曾相识的旧物。辽阔似海的人心啊，该用什么来填满，平凡的物质或是精神，足够吗？

佛说，烦恼即菩提，生死即涅槃。每个人都有一块属于自己的三生石，在那里，可以清晰地看到自己的前世今生。那些曾经奔走于陌上红尘的人因此而开悟，决意听信因果，不再争名夺利。他们愿意化作一株植物，在岁月山河里寂静地存在，从此无声无息。

从现在开始，与万物生灵一同修炼。无论过程会有多久长，无论时光是否清淡无味，都要坚定修持，淡看悲欢，善待生命，感恩众生。佛法没有深浅，深浅的是人心。佛陀没有爱恨，爱恨的是凡人。端然出世，飘逸离尘。任何的轻浮与贪念，都是自身修为不够。

过程是什么？过程是饮尽千江之水，赏遍万古明月。看一卷泛潮的书，重复几段老旧的故事，演绎几场注定的离合。素履之往，行走人间，看白鸟惊枝，落花满身，唯灵山是归途。一个人开悟不是因为有富足的家产，不是有深邃的思想，也不是有出众的才能，而是有玄妙的机缘，有朴素的禅心。一个感知自然、尊重生命的人，必先得到证悟。

行吟山水，一梦千年。看过姹紫嫣红，莺飞燕舞，又见竹风穿庭，碧荷生香；看过落霞孤鹜、秋水长天，又见素雪纷飞、寒梅傲枝。其间有不少清凉冷落的场景，也不乏亲善温暖的片段。时光就这么老去了，老去了。那时候洗尽铅华的你我，只守着一扇小窗，看旧时庭院，飞雨落花。远处，钟声缥缈，隔世经年。

佛说："欲得净土，当净其心，随其心净，即佛土净。圣人求心不求佛，愚人求佛不求心；智者调心不调身，愚者调身不调心。"可见只要拥有一颗平和宁静的禅心，便能阻挡世间一切浩荡风云、起落浮沉。就能看清一切灵透事物，哪怕置身茫茫荒野，也不会误入歧途，陷入迷惑。一无所有的时候，只守着自己的心，自可安然无恙。

禅是甘露，滋养众生；是妙药，普度万物。人间万事皆为寻常，也皆是无常，唯有走过，才能从容自在，才能体味梦幻泡影的空无玄机。光阴如露，日影如飞，见远山石径，萤虫明灭闪烁。再相逢，已是叶落空山，归鸿望断，人生近迟暮。

一盅清茶，喝到凉却。一出戏，看到落幕。一生要修的功课，也会在某个掩卷的时刻，写上结局。佛言：不可说。云水无涯，浮世清欢，这珍贵的世间，你来，在这里，你去，还是在这里。那便简单地存在，万物化尘，随喜赞叹。

就这一世了，无论前方是黄尘飞扬，或是静水无波，就这么走下去。来生，莲花台上重会。你溢彩镏金，慈悲祥和；我洁白一身，端静安素。

也许我们都是信前因的人，所以处身于繁华中，仍忘不了寻觅那些老旧的光阴。烟云事散，流年暗中偷换，方才还风尘滚滚，此刻已找不到丝毫痕迹。

岁月不知更换了多少次容颜，只有古镇一如既往地守着曾经的誓约，不敢轻易改变当初模样。青湿的墙院、悠长的巷陌、古旧的木楼、筑梦的廊桥、斑驳的戏台，虽然落满了往事的尘埃，却依旧还是梦里情怀。推开韶光虚掩的重门，那些封存在古镇的人情旧物，是那么地安然无恙……

岁 月 静 好　　第二卷　　现 世 安 稳

风情古镇

如梦西塘

无论是来过西塘的人，还是不曾来过的人，都会觉得西塘就是一个梦，一个属于江南的梦。它诗意古老，朴素宁静，曾经被世人遗忘，如今又被世人追寻。我总以为，走近西塘的人是一些放不下有情过往的人。因为这里的每一片风景，都可以轻而易举地打动你的柔肠。在西塘宁静的风物里，可以做一个悠长的梦，梦醒时，也会有一些抓不住的时光。

来到西塘之前，我也只是一个偶然的路人，却不知早在千年，就与它有过些许的缘分。春秋时期吴国伍子胥兴水利，通盐运，开凿伍子塘，引胥山以北之水直抵境内，因此西塘也称胥塘。也就因一个"胥"字，我认定，我和西塘是有着命定因果的。尽管只是我一厢情愿，可心存这份感觉，我对西塘的一景一物，便有了许多不由自主的依恋。

宁静的光阴，在桨声四起的水波中微微荡漾。青瓦白墙下，仿佛一眼就能看到西塘久远的历史。其实西塘并没有多少厚重深沉的历史，也没有多少叱咤风云的人物。岁月就像这里的一条河流，一路缓缓走来，没有惊涛骇浪，只是平淡安稳。这座千年古镇，自一开始就是这般古朴的模样，从容地经过四季更替，从容地看淡人生离合，也从容地接受往来的过客和他们所带来的不同情怀。

临水的西塘，似乎一直萦绕着如纱的薄雾，仿佛只有这样，才可以映衬出江南水乡的风韵。流水低吟，桨橹浅唱，两岸古典的民居，是小镇原始而真实的影像。多少年来，也经历过无数人事变迁，只是再多的轮回，都不能将青黛的记忆改变。长天之下，看不到城市高楼，只有装扮一致的老宅，年复一年讲述着几近相同的故事。

质朴的木楼有几扇敞开的轩窗，让我忘记旅程的疲惫，甚至多情地以为，有一扇窗是为我而开，有一个人是为我等待。却不知，西塘的风景，从来都不会轻易被人惊扰。这是许多人梦里的水乡，你可以在很近的距离感受它的呼吸，但没有多少人，能够

岁 月 静 好　　现 世 安 稳

永远地停留。只是刹那的拥有，亦能换取一生的回忆，西塘也不会辜负任何从它生命里走过的人。

来过西塘的人，一定忘不了那悠长的千米廊街。在江南，这样临水枕风的廊街随处可见，可只有西塘的廊街会令你一生难忘。因为那长度，走上去，仿佛可以抵达前世。你可以在这里随心地做梦，不必担心会被任何现实的物象惊醒。只静心感受流转在长廊的风，吹拂着心底淡淡的清凉，而江南的画卷、人生的故事，就这样徐徐地舒展。

有人告诉我，这长长的廊街有着一些美丽的由来。而我却不想知道那些旧事前因，只想在这命运转弯的长廊，平静地拥有这段相逢，一段与西塘的相逢。就算转身后，她会将我遗忘，我也会捧着这份不能割舍的牵挂，好好地珍藏。

我总是以过客的方式在行走，在西塘的渡口，我等待一艘船，将生命中的际遇安排。在相逢的这一刻，就预见了离别，只是每个人的一生，都是为了过程而匆匆赶赴。在注定的因果里，没有谁还会不厌其烦地计较得失。顺水而行，试图忘记自己背上的行囊，在流淌中寻找一份随遇而安。西塘的古桥，像是一架架横在水乡之上的古琴，同样的琴弦，每个人可以拨出不同的弦音和清韵。

关于桥的记忆，总会让人想起诗人卞之琳的《断章》："你站在桥上看风景，看风景的人在楼上看你。明月装饰了你的窗子，你装饰了别人的梦。"而我总以为，站在桥上的人，未必知道自己成为别人的风景；坐在船上的人，也不会知道他已经装饰了别人的梦。

其实，人与人的陌路相逢，多半只是擦肩，他们所能记住的是那经年不变的桥，而不是游走的风景。又或许，多情的只是这些过客，因为桥，每天送往迎来，它们无心去留意那浮华的许多世事。流水潺潺不止，载着我去另一个彼岸，只有西塘的桥和水乡的人家，相看两不厌。

在西塘，还有一处可以收藏灵魂的地方，就是被誉为"江南第一弄"的石皮弄。在不起眼的角落里，写着"石皮弄"这三个寻常的字。狭窄古老的小弄堂，就像是时光缝隙里遗落的一道往事，若隐若现间，仿佛没有尽头。来到西塘的人都不会舍弃这段相逢，尽管石皮弄从来没有给过任何人一个简单的承诺。可那带着某种神秘的质朴，让人可以看到真实的从前。

岁 月 静 好　　现 世 安 稳

　　岁月的老墙承载着斑驳的记忆，时光将它们一片片剥落。就是这些落下的记忆，收集着古往今来云水的漂泊。薄薄的石板路上，一些人的脚步悄悄走近，一些人的脚步已经匆匆走远，只有无言的时光停留在这儿，从来都不问因果。

　　黄昏随着恍惚的思绪渐行渐远，华灯初上的西塘则是另一番别样的美丽。沿河的长廊，挂着一排排红灯笼，柔和的灯光似江南丝绸，流淌着多情和暖意。西塘的夜，很静，静得只能看到两岸青瓦白墙落在水中的影子。西塘的夜，在幽幽灯火下，又有一种遮掩不住的华丽。

　　水上戏台，是西塘夜晚最生动的风景。传统的江南戏曲，吴侬软语的轻唱，在明月清风下似一杯淡淡的清酿，将台上台下的人都熏醉。多少年华，被温润的水乡打湿，而他们甘愿沉落在水的忧伤里，只为心中那份柔软的感动。每个人都藏有细腻而美好的情怀，在烟火的凡尘，他们不轻易地将自己流露。是西塘，让他们勇敢地表白，并且在束缚的人生里，可以拥有这么一次忘乎所以的快乐。

　　在西塘的某个茶馆，点上一壶茶，静静地看着来去的行人，心在氤氲的水雾中淡定平和。我把西塘的所有的记忆，都泡在这壶茶里，待到茶淡茶凉，我就离去。既然没有给彼此许过诺言，所以也不必留下纠缠的痕迹。在西塘，我只是流水光阴里飘过的一粒沙尘，也许转身，它就忘记我是谁。可我始终会留下一双心灵的眼睛，坚守它古老的美丽。

西塘美得就像一个梦，却又真的不是梦。或许在多年后的一天，我会风雨归来，彼此都被岁月模糊了容颜，可它还是它，我还是我。

丹青婺源

许多时候，来到一个地方不需要任何理由。抵达之后，都愿意相信一种缘分的说法。这样就可以轻易穿越历史春秋，看到足够令你一生回味的风景。婺源，这个被誉为"中国最美的乡村"的地方，相逢的刹那，便让你我褪去城市的锦衣华服，与这里质朴的时光同步。尽管许多人与婺源一见倾心，却没有谁想要和它拟下某种誓约，只想在这平静的山水人家，感恩一段温暖的际遇，共有一份寻常的幸福。

白云生处，那些白墙黛瓦的村落安然地落在群山之中，那么宁和平静，那么不与世争。就像是一幅定格的水墨画，画中的烟云不会消散，画中的时光不会流转。而慕名前来的人会忍不住思索，这远离车马喧嚣的地方，是否也隐藏了人间最平凡的故事？

然而，正是这无尘之处，弥漫着更多寻常的烟火，留存了更多质朴的民情，也居住了像朱熹这样的鸿儒。

从古至今，为了这份安宁，那么多的文人墨客甘愿舍弃名利，远离都城，骑一匹瘦马，隐居田园。守着简朴的柴门，修几径篱笆，看三两桃李争艳吐芳；或静坐光阴下，泡一壶清茶，听梁间燕子嬉戏呢喃；又或是荷锄在田埂间，牵一头黄牛，遥看天边的晚霞。乡村的宁静是造物者的安排，仿佛一棵树木、一片青瓦、一只蝼蚁，都有其不可言说的宿命。

最是人间四月，婺源的村头长满了一片片金灿灿的油菜花。它们在春天毫无遮掩地绽放，不去担心是否韶华短暂，只将生命交付给乡间素朴的春光。每一个外来者需要绕过这片芳菲的花海，才能抵达梦里的村庄。

伫立在村口以及院墙旁的诸多古樟树，它们或者可以忘记自己的年轮，却不会忘记每一个路人与婺源的相逢，不会忘记每一段瓶梅清风的往事。青石铺就的驿道，多少人擦肩而行，谁也记不住谁的容颜。只在俗世的烟火里，将日子过得淡如清茶。潮湿的季节，青石的缝隙里滋长着苔藓，仿佛刻意地珍存一些不该丢失的片段。有些刻了字的石头，守着村庄一寸无涯的时光，静静地讲述婺源风雨的从前。

婺源的村落依山傍水，村前多有古渡口。渡口被古树翠竹掩映，散发着岁月的宁静和沉香，没有谁记得它们的历史。只是年复一年停留在村庄的码头，平和且沉默地看着客来客往。河水一如既往地澄澈，就像婺源人寻常的日子，波澜不惊。整齐的竹排，简单的竹椅，戴着草帽的船夫，用一竿竹篙划过碧绿的江水，在烟云笼罩的河道寻找下一个渡口。采茶的姑娘背着竹篓，唱起了山歌，手腕上戴着祖母留下的银镯，在阳光下荡漾着属于这个民族的独特韵致。

村庄的人，乘着竹排去劳作，去赶集，朴素地走出去，朴素地走回来。而这座质朴的山庄，不改最初模样，几亩水田，几畦菜地，几口古井，几间老屋，几缕炊烟，像一本墨迹风干千年的老书，供后人翻读。渡口不是人生的归宿，只是灵魂的驿站，无论你我走过几程山水，它都无声无息。

木板廊桥也是婺源不可缺失的一道风景，多少年来，用其苍老的脊梁横亘在青山碧水之间，无怨无悔。说起廊桥，总忘不了那段廊桥旧梦，而婺源的廊桥收藏的是婺源人平实的梦。廊桥寄寓了他们美好的心愿，所以每一座廊桥都有一个美好的名字。

"两水夹明镜，双桥落彩虹。"说的是婺源县清华镇的彩虹桥，被誉为"中国最美的廊桥"。

木质廊桥，优美的造型，古朴的韵致，那长度仿佛让人看到了遥远的南宋。八百年的历史，无数人在这里歇息脚步，修筑故事。八百年的风雨，从前世到今生，彩虹桥一如当年，淡定平和，只是沧桑了那么一点点。坐在廊桥上休憩，看画里乡村，碧水青山。一只只木筏悠然淌过，携着人生，就这样不问归途，无谓往返。

就是在这最美的乡村，留存了素朴典雅的徽派建筑。粉墙黛瓦、飞檐翘角，婺源民居以同一种格局，坐落在幽深的山村，世代传承。像是被岁月遗落的一座老宅，吸引无数人想去敲开深院的重门，看一段婺源往事。精美的石雕、木雕，镂花的窗沿，虽历经春秋数载，却保存得完整无缺。门上挂着的老式铜镜，桌台摆放的青瓷花瓶，还有那摇摆的闹钟，无论时光过去多久，它们都平静如初。

淳朴的山里人，在简单的宅院里过着最平凡的生活。腌一缸酸菜，酿几坛米酒，晒几斤春茶，屋子里飘散着清纯的米饭香、腊肉的熏香。光阴倏然而过，人生就像是老戏台上的一场戏宴，

岁 月 静 好　　现 世 安 稳

从开始到落幕,有圆满,也有遗憾。婺源,是他们生命的居所、灵魂的皈依,任由命运如何安排,他们都甘愿沦陷,一生无悔。

穿过曲折宁静的街巷,不期然与某一座祠堂邂逅。在婺源,祠堂是晾在村庄的一幅古画,泛着历史的醇香。祠堂也是婺源人的根,无论他们到了哪里都知道,有那么一处与自己姓氏相同的祠堂在故乡岁岁年年将他们等待。祠堂对背井离乡的徽商来说是一弯明月,挂在心头最醒目的角落,稍微碰触,便会抖落一地的感动。

汪口村有一座被称作"艺术殿堂"的俞氏祠堂,自清乾隆年间建成,以其雄伟的气势,精妙的工艺,完美的布局和独特的风格,震撼着万千观赏者的心灵。门楼、梁柱、檐角均用深浅不一、虚实相应的手法,雕刻了龙凤麒麟、人物戏文、飞禽走兽、兰草花卉等精美图案。这里的祠堂,不仅是婺源百姓的根,更沉淀了婺源深厚的民俗文化。纵算远在天涯,终有一日要回归故里,来到祠堂,追怀祖德,颂扬宗功。

在这座中国最美的乡村,太多的风景令人流连。可以选择去华夏第一高瀑——大鄣山瀑布,让奔流的清流洗去心间最后一抹浮华;也可以去世界最大的鸳鸯湖,看成双成对的鸳鸯在绿野萍水间缠绵嬉戏，用流光交换温柔；还可以在田园和一只大雁对话，衔一缕乡村的炊烟，踏梦而飞。

这个有着"书乡""茶乡"之称的村庄，像是一株老树，年复一年，以同样的姿势守候于此。谁也不会在意它的年龄，不会计较它的一成不变，来的人都愿意将自己交付给这里素朴的光阴。

仿佛染过了婺源的白云清风，哪怕人生千回百转，也再不能抹去这段缘分。那么，在茶凉之前离去，携一剪余温犹存的记忆装进行囊；或买一方古砚回去，在某个怀旧的日子，写下婺源这一段丹青旧事。那淡彩的山水、写意的村庄，有一个片影，是自己。

水墨徽州

没有重复过往，不曾透支未来，第一次走进徽州，却有一种怀旧的气息扑面而来。迷离之间总觉得曾经来过，又似乎很遥远。在闲淡的光阴下撩拨历史的记忆，擦拭岁月的尘埃，徜徉在徽州温润的意境里。秀逸的杨柳裁剪着两岸风景，一边是泛黄的昨日，一边是明媚的今天。此刻的徽州就像一方沉默的古砚，被时光研磨，又在水中慢慢洇开，生动了整个江南。

时光追逐着匆匆求索的脚步，顺着古徽州的山水画廊，剥开潜藏在岁月深处的密语。一座座气势恢宏的牌坊矗立在碧水蓝天中，静默在苍烟夕照下。这些古朴的前朝遗迹，如同出土的青铜陶器，凝聚着斑驳的色调，也漫溢着历史的陈香。有的巍然绝秀，兀自独立在白云之下；有的逶迤成群，肆意铺展在山野之间。

　　徽州牌坊建于不同朝代，那些精致绝伦的雕刻和古韵天然的图纹昭示着它们曾经的气派与辉煌。牌坊象征着忠、孝、节、义的人文内涵，记述了停留的过往，也收藏着经年的故事。闪烁的阳光镀亮荒远的历史，濯洗锈蚀的文明，一座座浸透着威严、折射着显赫、隐喻着情感的牌坊，向世人诉说着千百年的风雨沧桑。

　　如今只能在遗留的映像中寻找当年忠臣孝子与烈女节妇的沉浮背影，在迷离的记忆里翻阅着他们的动人故事。挽着岁月的高度，将思绪抛掷到云端，借光阴为笔，采风景为墨，古旧的牌坊记载着一部隽永绵长、深远博大的徽州历史。

　　目光穿透斜逸在风中的垂柳，跳跃的思绪在瞬间凝固。那些沉睡在夕阳下的古民宅带着醉态，好似浓郁的水墨，缭绕在风烟中化也化不开。黑白两色是徽州民宅质朴的灵魂，那一片古民宅群落不施粉黛，黑得坚决，白得透彻，以朴素的大美、平和的姿态，掩映自然风采，融入生活百态，静静地搁置在清雅如画的秀水灵山中。

明清两朝，江南商品经济繁荣昌盛，许多云集的徽商富甲一方。他们衣锦还乡，兴建宅院，将徽州的民间文化与特色细致地揽入庭院。一道道马头墙有着难以逾越的使命，它们眺望远方的苍茫，固执地坚守已经老去的家园。

推开厚重的木门，步入厅堂，弥漫在堂前的古旧气息将外来者的心慢慢沉静。一幅幅砖雕、石雕、木雕浅绘着花鸟虫鱼、人物故事，将不同朝代的文化历史做一次风云聚会，让你惊奇小小的宅院竟然能容纳乾坤万象，涵盖古老民族深邃的全部内涵。转身离开的时候，一只落满尘埃的老式花瓶，向你开启另一段若有若无的回忆。

总是有些湿润的情怀在心间挥之不去，如同那无法干涸的泉水，在生命的过程里悄然无声。徽州人聚井而居，有水井的地方就有炊烟人家，有喧嚣世态。那汩汩的清泉，流溢着澄澈的乡情与甘甜的生活，一点一滴地渗进徽州人的血脉中。一口口古井在光阴底下缅怀着凿井者造福百姓的功德，以朴素的方式诠释一个民族生养大义的内涵。井边的苍苔也是人生的苍苔，积淀得越深厚越见其风霜。

至今在一些古井旁还保存着当年凿井与用水的相关文字，

石刻的内容在岁月风尘中已变得模糊。然而，透过时光斑驳的旧迹，却依然听得到过往市井沸腾的声音，那些朴实的话语在井边徘徊萦绕，伴随着每一个晨昏日落。千百年来，许多回归故里的徽商饮一盏血浓于水的生命之酿，感念水的恩情、水的真义。他们曾经抛掷过一大截故乡的光阴，要在古井的水里捡回。

拂过阳光溅落的尘埃，将思想做一次更加澄澈的沉淀。徽州的祠堂是宗族的圣殿，维系着徽州人难舍的乡情与庄严的乡规。那一座神圣的建筑，封藏了徽州人的家族历史，留存了先人的圣贤语录。它也许已经苍老无声，可是过往每一个春蒸秋尝的片段都值得后人百世效仿。

祠堂峭拔坚挺的檐角有一种直冲云霄的力量，用沉默的方式丈量着徽州宗族文化的悠久与厚重。踏过那高高的木门槛，与迎面而来的威武门神碰撞，令人肃然起敬。那被岁月风蚀的门环，冥冥中仿佛扣住了谁的因果。立于静穆的厅堂，看着今人与先人目光相视，听着他们用心灵对话。

那一刻你会明白，古人与今人并没有距离，无论时光走了多么远都会留下印记，而徽州人就是循着这些印记保存着如今的民俗民风。他们用贴彩纸、扎灯具、叠罗汉、舞龙灯等朴实的方式来祭祀祖先，怀着一份对圣贤的尊崇、对家族的热爱，就这样送走了远古的夕阳，迎来了今朝的月色。

行走在狭窄的青石板路上，檐角流泻下来的阳光擦亮了朦胧的记忆。一座戏台搁歇在缥缈的青烟下，寂寞地向路人诉说着它曾经华丽的故事。这是徽州的戏台，生长在民间，流传在民间，也璀璨在民间。徽州人的戏台是为了举办庙会时酬神、祭祀以及一些特殊的节日与风俗而设的。

戏台的建筑多半简朴，木质的台楼、木质的台板，亦有一些简单的彩绘，寄寓着徽州文化的素淡与从容。锣鼓与二胡拉开了优雅传情的序幕，台上轻歌曼舞，台下人海沸腾。那些艺人在出相入相的戏台上粉墨登场，演绎着别人的悲欢离合。而台下的看客凝神观赏，品尝着别人的喜怒哀乐。

谁也不是主角，只是为了一场戏曲的陪衬，做着伤感与愉悦的抒怀。谁又都是主角，在人生缤纷的戏台上，舞出生活百味、冷暖世情。质朴而圆润的徽剧带着泥土与流水的芬芳，以它独特的民间艺术与民俗风情，唱遍了江南的山水楼台，也唱遍了徽州的街间巷陌。人生的许多过程就是在一场戏中开始，又在另一场戏中落幕的。

第二卷　风情古镇

　　在悄然流逝的光阴里，不知是谁打翻了砚台的古墨，泼染了整个徽州大地，令锦绣山河浸润在潮湿的水墨中。沿着河流追溯古徽州苍郁的历史，还有那些铺卷而来的徽州民风，在旷达的人生中获得一种坚实与淡定的快乐。

　　当睿智的思考穿透精神的领地，发掘者的脚步愈加地逼近，古老的徽州不再是一幅遥挂在江南墙壁上的水墨画了。它将以一个民族的繁荣昌盛向世界展开其真淳天然的风采，在芸芸众生的心中留下清丽明净的涟漪。

乌镇年华

仿佛有一段湿润的青春遗忘在江南的乌镇，还有一些云水过往需要温柔地想起。就这样想起，想起在杏花烟雨的江南，想起在春风墨绿的水乡。多年以前有过一场悠缓的等待，多年以后还在淡淡地追寻。只是一个无意的转身，那位撑着油纸伞结着丁香心事的姑娘，走在轻灵的小巷，走在多梦的桥头，走进一段似水年华的故事里，不知是否还能出来。

乌镇一天的生活是从吱吱呀呀的摇橹声中开始的，一根长长的竹篙撩拨着静止的时光，清莹的河水打湿了那些易感的情怀。还有泊在岸边的船只，默默地守护着小镇里一些沉睡未醒的梦。它们凝视着那些古老房檐的黑白倒影，品味着沉落在水中的千年沧桑。

　　河水无语，它和乌镇一起静静地送走春秋，又匆匆地迎来夏冬，从花开到花落，从缘起到缘灭。许多年后，一切都如同从前，只是所有流淌过的往事要注定成为回忆。那些被河水浸润过的人生，带着江南的娉婷，带着水乡的风韵，在迷离的岁月里做一次千帆过尽的怀想。乌镇依旧，小河依旧，待到春风入梦，明月入怀，谁还会在远方彷徨？

　　穿行在素淡又含蓄的风景里，在诗意中感受时间的恍惚，而温暖的阳光印证了生命的真实。逢源双桥在现实与梦境中无言地停留，带着现代的气息，又含有传统的韵致，使乌镇处繁华却不轻浮，落红尘而不世故。

　　古桥是有记忆的，它记得曾经有着怎样清澈的相逢，又有着怎样美丽的错过。它收存了许多年少的惆怅，也珍藏过许多青春的梦想。它静静地搁置在流水之上，等待着有缘人乘风而来，再抖落一地的故事。这里留下了文和英的脚印，留下了千万个路人的脚印，他们手牵着手站在桥头，凭栏静赏小镇之景，只觉过往的年华虚度，停留只是一瞬，回首却是一生。

　　有古旧的气息从枯朽的门板上，从斑驳的墙粉中，从青石的缝隙里透出来，牵引着无数路人纯粹的向往。仿佛只要一不小心，就会跌进某段熟悉的情景里，又让你久久不能出来。带着闲散的心情走来，无关历史厚重，不问沧桑墨迹，只是追忆一种难以言说的情怀。无论是苍老的酒坊还是明亮的染坊，都可以激发你无限的想象。

在薄薄的阳光下，温一壶杏花酒，享受一段诗酒年华的闲逸。看那些晾晒在高高竹竿上的蓝印花布在风中轻舞飞扬，隽永的春天在时光中弥漫，而青春仿佛从来不曾离开。沉陷在这些陈年的古物与怀旧的情感中，再也没有什么世俗的力量可以将你侵扰，因为乌镇趁你迷蒙的时候已悄然潜入你的心底，从此情思深种，铭心刻骨。

悠长的小巷在烟雾中如泣如诉，那身着蓝印花布的女孩可是茅盾笔下的林家女儿，她从潮湿的书扉中款款走来，从老旧的林家铺子走来，走进茅盾故居，走进深深庭院。厅堂里茅盾先生握笔沉思，那凝视远方的目光，有一种吐纳河山的清醒与旷达。他在文字中生动，在乌镇里停留，在风起云涌的年代里播种进步的思想，燃烧精神的火焰。

恍然间有梅花的幽香自庭院飘来，迷离中往事依稀重现，今天宛若昨天。许多的现实比梦想更为遥远，就像许多的喧嚣比宁静更为孤独。站在光阴底下，看梅花开在寂寞的枝头，那冰洁的芳瓣比任何一种花朵更高旷出世，更冷傲清绝。

午后的阳光有一种慵懒困意的美丽，惺忪着梦呓的双眼，就这样醺然在古旧的茶馆。煮一壶杭白菊，将心事熬成经久淡雅的芬芳。倚着窗台，听那繁弦幽管，叮叮咚咚拨响了江南灵动的曲调。江南的评弹在乌镇这个有着深厚文化底蕴的水乡璀璨登场，吴侬软语，妙趣横生，那些熟知的故事在艺人委婉的传唱声中更加耐人寻味。

丝竹之声激越时如万马奔腾，坦荡时若明月清风；飘逸时如玉泉流泻，沉静时若秋水长天。此刻，就在这古朴的乌镇，在这怀旧的茶馆，品一壶清茶，听一曲评弹，将流光抛散，做一个安然自处的闲人。都说人淡如菊，而世事也淡如菊吗？当这些生动的记忆在弹指的人生中消散时，谁还会记得过往里的一小段温润时光。

烟雾中长长的小巷，被怀旧的时光浸染；木门里寂寂的故事，被泛黄的岁月尘封。许多的人打身边擦肩而过，彼此间今生今世也不会记得有过这样美丽的相逢。曾经相逢在江南的古镇，曾经有过脚印的叠合，甚至有过目光的交集。

待到年华老去，回忆从前轻描淡写的过往，谁也不曾知道谁，因为彼此都是过客，是江南的过客，是乌镇的过客。这样的相遇就像是一场皮影戏，在华丽与虚幻中开始与结束。坐在寂寞的廊道里，等待着一场皮影戏开幕，又在柔和的灯光下，看一段皮影戏里绝美的故事。

女子：野花迎风飘摆，好像是在倾诉衷肠。绿草轻轻抖动，无尽地缠绵依恋。初绿的柳枝，坠入悠悠碧水，搅乱了芳心，柔情荡漾。为什么春天每年都如期而至，而我远行的丈夫却年年不见音信？

男子：离家去国，整整三年，为了梦想中金碧辉煌的长安。都市里充满了神奇的历险，满足了一个男儿宏伟的心愿。现在终于衣锦还乡，又遇上这故里的春天，看这一江春水，看这满溪桃花，看这如黛青山，什么都没有改变，也不知新婚一夜就离别的妻子是否依旧红颜。来的是谁家的女子，生得是春光满面、美丽非凡。这位姑娘，请你停下美丽的脚步，你可知自己犯下什么样的错？

女子：这位将军，明明是你的马蹄踢翻了我的竹篮，你看这宽阔的大道直上蓝天，你却非让这可恶的马儿溅了我满身泥点，怎么反倒怪罪起是我的错误呢？

　　男子：你的错误就是美若天仙，你婀娜的身姿让我的手不听使唤，蓬松的乌发充满了我的眼帘，看不见道路山川，只是漆黑一片。你明艳的面颊让我胯下的这头马儿倾倒，竟忘记了它的主人是多么威严。

　　一段令人心旌摇曳的对话，让乌镇的阳光也随之闪烁着脉脉温情。在姹紫嫣红的春光里邂逅如花美眷，又喟叹什么似水流年。那挽着竹篮的姑娘是林家铺子里的林家女儿，还是似水年华里的默默，抑或是乌镇里的哪个农家女子？她们携着单纯的快乐，捧着绿色的芬芳，在古道的柳浪下行走。她们是乌镇的风景，等待着入梦的人，而乌镇又是过客的风景，装饰着别人的梦。在诗意散淡的日子里，彼此留下无名的因果，只是记得曾经回眸的相逢，还有转身的别离。

　　黄昏的乌镇，就像一位平淡的老人，收藏一切可以收藏的故事，又遗忘一切想要遗忘的人。行走在红尘陌上，时光梦里，回首人生历程中的云烟旧事，青梅过往，一切有如古玉般的温润与清灵。

岁 月 静 好　　现 世 安 稳

　　乌镇也是一块浸染了春花秋月的老玉，供来来往往的人用心灵去珍惜。带着清澈的梦行来，带着未醒的梦离开。只是寻常的日子，只是平淡的记忆，在闪闪摇摇的光阴里流去。若干年后再以落花的方式怀念江南几许明媚春光，追忆乌镇一段似水年华。

相逢惠山

来的时候，知道注定是孤独的。没有匆匆的行色，没有喜忧
的心情，在初秋的早晨，就这样走来。是缘分的牵引，或是宿命
的安排，并不重要。来到惠山，将寻觅些什么？是古时王朝逐渐
黯淡的背影，长亭别院里一潭闻名天下的第二泉，青山之间幽深
的江南古刹，还是曲径通幽的古老园林？锡惠的秀水涵山，又能
告诉我们一些什么？

（一）天下第二泉

初秋的风已略带凉意，偶有落叶稀疏飘零，漫步在路上的行
人，却丝毫感觉不到萧索的重量。

岁 月 静 好　　现 世 安 稳

一缕阳光将心事拉得好长，试图寻找有水流的地方，寻找那位拉二胡的瞎眼先生阿炳。

二泉，仿佛这里的一切都与清澈的幽泉相关。

青石铺就的小径，尽管承载许多行人的脚印，可依然苔痕斑斑。这里的石板仿佛永远都带着湿润的印记，那些擦不去的过往，在老去的年华里一如既往地清凉。

弯曲的长廊坐落在池塘之间，有回风淡淡地流转。倚栏看荷，花瓣已褪落，成熟的莲蓬孕育着饱满的莲子，让人感受到一份收获的喜悦。唐人李商隐有诗吟："留得残荷听雨声。"人间草木，荣枯寻常。世间纷纭万象皆是风景，只是看风景的心境不同罢了。

两扇深褐色的重门向游人敞开，好似漫不经心地提醒着人们，这儿曾经有过繁华与诗情。轻轻触摸门环上的铜锁，企盼可以叠合古时某个文人或智者的手印。或许这样可以穿越风雨时空，与他有一份淡淡的心意相通。

踏入门槛，映入眼帘的就是五个大字：天下第二泉。黑白相间是那么醒目，静静地雕刻在石壁上，昭示着它不同凡响的美誉。有藤蔓攀爬在石壁的檐角，一些青葱的枝茎任意往不同的方向伸展，直至抵达它们想停留的地方——今生的归宿。

相隔不远的长亭有乐曲缓缓流淌，这儿有老者为人演奏《二泉映月》。一袭青色长衫，满是皱纹的双手，迷离之境，总会让人误以为他就是当年的阿炳先生。而当年那些个月朗星稀的日子，阿炳临青山幽泉，演奏二胡之时，是否会有一段清酒一壶的相逢？

流年似水，一晌贪欢。那些隐藏在光阴深处的故事，或繁华，或冷落，如今都不复存在。而后人穿行在那条通向过往的甬道里，究竟可以寻到些什么？

当我们俯视那名誉天下的二泉之时，心中难免会生出许多失落。铁栅栏将游人拒绝在古井之外，当年二口生动的泉眼，如今已成了死水。看不到汩汩的清泉流淌，没有湿润的青苔攀附。水泥砌就的古井被栏杆围绕，成了一种供游客观赏的摆设。

当年京城来的特使，长途跋涉只为舀得几瓢二泉之水，供帝王烹茶煮茗。然泉水已干涸，那个精致风雅的年代也渐行渐远。

岁 月 静 好　　　现 世 安 稳

一盏香茗，几卷诗书，小窗幽梦的日子，不知道去了哪里，可存在的历史却从来不曾被改写。

沿着石径穿行，长廊附近设着几家古雅的茶坊，一些游人坐下来歇息品茗。尽管水不再是二泉的水，茶也泡不出当年的味道，只是处身于青山古迹之间，自有别样闲情。

微风慵懒，流云自在。坐在竹椅上，将一壶闲茶，从浓喝到淡，由暖品到凉。二泉的茶，适合给那些怀旧的人品尝；二泉的月，适合给爱做梦的人仰望。

韶光来去无声，就像这许多无法言说的缘分，起灭不定。离开天下第二泉，那些匆匆步履又将赶赴另一场不曾谋面的约定。

（二）惠山古刹

不曾见着寺庙，已听到空灵邈远的钟声，仿佛在召唤一些寻幽的灵魂。江南古刹居多，惠山寺只是万千中的一所。与之相逢，是佛所说的宿缘。

拾阶行走，穿过几重古门，穿过参差老树。抬眼望去有四个字让人注目凝神：不二法门。这是否象征着一种执着？也许入了佛门的人，听信因果，就真的不再有出尘之念。有人说，这是一种遁世；亦有人说，这是修行。总之，在这菩提道场，听着钟鼓梵音，就可以过上一碗禅茶、一方木鱼这样清净无求的生活。

大殿里有正在做法事的僧人，他们唱着梵音，将香客带离凡尘，进入虚远的禅境。许多人并不能真正深悟禅理，不懂菩提花开，却甘愿让自己封存在一卷经书里，在辽阔的佛海里自在往来。而佛，一如既往用慈悲平和的眼目俯视芸芸众生，度世间一切可度之人。

穿过不二法门，又是一番胜境。石阶上坐落着古老的庙宇殿堂，名为大悲。而大悲阁的背后，就是隐隐惠山。抬眼望去，石壁上刻着"西竺留痕"四个大字。刹那间，将众生带去了那个遥远的水天佛国。伫立于蓝天白云之下，看山峦殿宇，生命是那样渺若微尘。

窗明几净，寺院仿佛永远都是这样无尘，就连屋顶的青瓦都澄澈明朗。微翘的檐角，孤傲地眺望远方，不是将谁等待，亦不是为谁送别。一扇扇或开或关的古窗，雕着形态各异的花纹，精致唯美，也古雅纯净。来到这里的人，都会情不自禁地做着江南梦。

雨打芭蕉的黄昏，那些僧者又会以何种心境推窗听雨？明月如霜的月夜，他们又会以何种姿态临窗观竹？这些诗情风雅的意象，一直存在过，并延续到今朝。时光无情，会删除许多美好的记忆；时光亦有情，会留存许多明净的过往。

佛说回头是岸，不知道是否所有的回头都有舟楫等待，载着众生去莲开的彼岸？沿着旧路寻回，又过一重石门。一棵六百余年的古银杏生长在庙前，给来者讲述它的沧桑往事。据说这是当年寺里一个小沙弥所种，他的名字被湮没在岁月的激流里，已经无从知晓。而树却会流经千年，叶生叶落，不问昨天。

这世上真的有永恒的生命吗？人世迁徙，早已面目全非，可山石草木似乎依旧容颜不改。世事无常，不知道这座千年古刹可以承袭多少年的风霜。佛说，随缘自在，无论有一天是否会重逢，都不重要。

一座高耸的御碑，雕刻着当年乾隆游惠山寺品二泉留下的诗句。这位娴雅多情的皇帝，曾多次下江南，眷恋上这方山水灵逸的宝地，不舍离开。恍然间，仿佛看到这位帝王雍容华贵的背影。那锦衣摇扇、风流倜傥的才子，是乾隆吗？他走出镏金大殿，来到江南，这儿可有他失落的梦？

众生平等，在佛面前，无论是帝王将相还是市井平民，离合悲喜都一视同仁。有一天，愿众生都可以化身为莲，坐须弥身下，听禅读经，平和安宁。

（三）寄畅园

又是一重门，人生是否有这样一重门，走进去可以不再出来？有如此想法，就是还未放下执念。世事山河，起落不定，待生命终止的时候，一切都会落下帷幕，回归自然。

寄畅园本是秦氏家园，想来这户园主定是拥有万贯家财，才得以在此处畅快豁达地寄情山水。园林的风格属于明清时代，虽历经几百年的风雨，却依然保留得完整无缺。水榭歌台、雕楼画舫，还是旧时江南景致。

回廊曲折，携着凉风，漫无目的地行走。两旁栽种着翠竹，阳光透过青瓦洒落在石径，没有谁可以踩到自己的影子。

岁 月 静 好 　 现 世 安 稳

　　几间狭小的书院，墙壁上挂着几幅写意古画。画中景致是江南水乡，层层叠叠的古老民宅，临水而建，围山而修。几座小桥若隐若现，朝不知名的地方伸展。几叶扁舟顺江而流，不知道该去往何方，又将停泊在何处。

　　坐落在锡山之巅的古塔，静静地俯视那条流淌千年的运河，也俯瞰无锡古城的繁华背景。望着先人遗留的宝墨，游荡在古与今的边缘，那些古老的文明已伤痕累累，仿佛眼前的一切都是被粉饰过的平静。而我们无力揭开这表层的景象，让岁月的峥嵘袒露在面前。

　　沿着水流的声音继续行走，见层叠的垒石堆砌成形状万千的样式。这些垒石，不知道是自然的巧夺天工，还是人为的刻意修整？虽然生命的美出于自然，但倘若没有历经时光的雕琢，自然也会变得单调而无味。唯有用一颗纯粹的心去欣赏，方能发觉美的真意。

　　择一块清凉石几小坐，看水中鲤鱼自在游弋。它们常常可以享受游人带来的美食，不必担心世人的网罗捕捞。只是它们也许会厌倦这一小块净土，宁愿随波漂荡在江河湖海中，过着自古以来最平常的生活。鱼儿如此，人亦如此，世间万物皆要遵循自然规律，才会经久永恒。

曲径宛转，石壁上雕刻了许多古时名家的书法，不同的字体蕴含着他们不同的心性。那些深深浅浅的刻痕，遮掩不住他们起伏的人生，以及跌宕的命运，每一行文字仿佛都可以看到他们生命的缩影。也许先人们并不曾想到，若干年后，在这里会有一次风云聚会。

古木参差，园林深处更是清幽。穿过回廊，走过石桥，池中落一些伶仃的红叶，漂浮在水上。落叶仿佛总是和秋季相关，清凉中带着几许淡淡的感伤。而游园的人，不知道又会惊扰谁的梦。

于山洞溪涧辗转，待走出，又回到来时的路。人生仿佛就是一场轮回，四季流转，朝代更迭，任凭怎样风云变幻，到那么一天，都会归于平静。寄畅园也是这般，经历过繁华与衰败，继而又有不同朝代的人去修复伤痕，是否还可以如初？我们看到那些翻新的古建筑，许多工匠正热忱地敲打修饰。若干年后，青砖黛瓦渐次地更换，再也看不到当年的旧物。那时来寻梦的人，又还能寻到些什么？

岁 月 静 好　　现 世 安 稳

　　来路是归途，也许寄畅园还有许多风景，等着我们去开启；还有许多的故事，等着我们去发掘。但人生难免有错过，我们都无须刻意去追求。

　　既然都是过客，做不了这里的归人，也不必对园中的草木过于恋恋不舍。无论将来是否还可以重逢，只留住这剪山水楼阁的记忆，从容度日，品味人生清欢，便好。

　　走出这座江南园林，那长长的青石小巷是水乡人家。门口摆放着高矮不一的竹椅，有老人聚集在一起喝茶闲聊。不知道那木窗的晾衣杆上，挂着谁家的花衣裳，在微风中轻轻飘荡。不知道那些背着行囊的过客，下一站又将去哪里。

　　光阴如水，有一天我们终会放下世俗的背囊，回到这黛瓦白墙的小镇。那时候，一盏闲茶从清晨喝到黄昏，和归来的燕子一同回忆那段云水过往。

大理古城

每个人，都有一座属于自己的城，无论那座城是宽阔还是狭窄，是繁华还是冷清。只要城里居住着自己牵念的一个人，一段记忆，一片风景，都会为之一生停留。大理，它曾经是一座皇城，又是一座佛国，既拥有了风花雪月，又珍藏着云水禅心。多少人，走进这座城，便不由自主地爱上它。它也许不是你命定的那座城，但一定是所有人来过都不能遗忘的城。来到大理，是为了前世那段不了情。

（一）苍山洱海

这是一座以风花雪月而闻名的城市，只要一走进大理，伸手就能够抓住浪漫，低眉便可以碰触温柔。说到大理，许多人都会

岁 月 静 好　　现 世 安 稳

记得《天龙八部》，记得六脉神剑，记得大理的茶花，记得温雅多情的段誉。一座南陲小国，就算是腥风血雨的江湖，也不曾将这里扫荡。似乎它从来就无心做一个王者，不喜战乱的纷争。所以早在多年前，就退下了帝王的威严，将古城装订为一卷舒缓的岁月，供万千百姓平静地品读。

苍山洱海，是大理的天然风光，它们力所能及地给了这座城市所有美丽的浪漫。经年不消的苍山雪、万古常宁的洱海月，还有清冽明澈的蝴蝶泉，它们长情地陪伴大理的时光，滋养古城的性灵，当历史上许多城市慢慢地淡去往日的妆颜，大理却依旧拥有当初清新的面容。那些迷失在繁华间的众生，在仓促的日子里，连悲喜都是匆匆的。当他们一走进大理，便会爱上这里的简约和宁静。才知道，原来生活也可以缓慢地过，闲庭信步是完美的人生姿态。

苍山的雪，晶莹娴静；苍山的云，变幻多姿；苍山的泉，甘甜纯净。无须有意来访，无须任何约定，每一个来客都可以融入苍山。让自己如同雪一样冰清玉洁，云一样妩媚动人，泉一样明心见性。洱海的水，沉静碧蓝；洱海的风，温存柔软；洱海的月，清澈明亮。这里的水，也曾惊涛拍岸，可是更多时候，是平静无波。这里的风，可以疗伤，坐在舟上，看过往一湖湛蓝的忧伤，在风中渐渐被抚平。这里的月，清朗得可以捧书静读，烹炉煮茗。安宁之时，亦可以闻着茶香，枕着月色睡去。

在大理，苍山洱海，将浓浓世味熬煎成一碗淡茶。来到大理的人，会在第一天就爱上这碗茶。这茶，像大理的生活，清淡、宁静、平和。

（二）崇圣寺三塔

大理，因为崇圣寺，便有了妙香佛国之称。而崇圣寺三塔，以卓然不凡的气韵挺立在古城，背倚苍山，面临洱海，见证了大理佛教文化，云南千年风情。

这是一座真正的佛都，当年崇佛之风兴起，大小佛寺三千余座，遍布云南境内。佛家讲究缘法，相信因果，大理城上至帝王将相，下至平民百姓，都与佛结下深厚的宿缘。大理国二十二代段氏国王中，就有九位帝王舍弃皇位，到崇圣寺出家。我们几乎都可以想象到，那时的大理一定被檀香萦绕，遍地流淌着禅味慈悲。

心有菩提，方能了悟人生。修佛，旨在修心，不是遁世，不是避尘，而是为了度化自己，度化芸芸众生。眺望三塔，蓝天之下，碧水之中，令人心里顿生一份清远和空灵。仿佛大千世界，万物幻灭，都容纳在其间。这世间再没有一种高度，可以将其超越；再没有一种襟怀，可以将之企及。

三塔的主塔有一个很深情的名字，叫千寻。不知当年，是谁赋予了宝塔这样生动的名字，也许是一位高僧，也许是一位帝王，又或许只是一个平凡的建筑师。千寻，千寻，没有谁知道千寻背后所寄寓的深刻内蕴，或是一段动人故事。只是，转过千年云水，这塔名依旧感动无数的人。

崇圣寺三塔，与西安大小雁塔造型相似，为唐时风韵的建筑，镏金塔顶，彰显尊贵和华丽。三塔鼎立，直耸蓝天，气势磅礴。云端之上，似有千佛静坐莲台，淡看凡尘荣枯。那些坐望于光阴两岸的人，岁岁年年，已不知更替了多少。而三座宝塔，历经风雨千年，依旧巍然屹立。不再寻找，不再等待，只为在这佛国，修一段缘分，度一个路人，换一片清凉。

（三）喜洲白族民居

说到白族，许多人会想起蜚声中外的电影《五朵金花》，这部影片将白族能歌善舞的风情灵动地展现给了观众，让不曾来到大理的人，对这座城市迷人的历史文化更多了几分向往。来了的人，更愿意为自己种下一棵树，染上一匹布，折取一枝花，只为了将来某一天，有思念的理由。

喜洲，一个坐落在山水之间的小镇，如同世外桃源，知道的人或许不是很多。但是喜洲民居却代表了大理市白族民居的风格，来到大理的人就一定会将之寻找。它安静地守护小镇古老的时光，等待着缘定一生的知己。

喜洲的天很蓝，云很低，你一伸手，便可以采撷想要的那朵。喜洲家家户户都有庭院，他们在院子里栽种希望，耕耘春秋，将收获的光阴传给后代。这里的庭院很古老，青砖黛瓦，以及雕刻着精致图案的照壁、门窗，尽管沉默着，却又无时无刻不对来者诉说喜洲小镇的悠悠过往。

喜洲的老街是一个装满了故事的老人，打身旁走过，那些年代久远的历史，会缓慢地流淌而出，仿佛不用去猜想，就知道喜洲的前世今生。这里的草木、山墙、门楼、染坊，会不知疲倦地把珍藏的记忆，从容地交付给每一个寻找它的人。

朴实的白族人，在喜洲古镇过着幸福的日子。这里的宁静

岁 月 静 好　　现 世 安 稳

与古老，让人由衷地亲近和喜爱。时光是有情的，它不会匆匆而过。我们可以缓慢地看那些在院子里种花养草的老人，在溪边洗菜的母亲，在作坊里染布的女子，在墙角边嬉戏的孩童。直到心中的感动湿润了双眼，这一刻，你也被收藏到喜洲百年的故事里。从今以后，只要携着这片记忆，无论迷失在哪里，都有一个渡口，牵引你我上岸。

也许，我们都不是这里的主人，可是今生注定有一段萍聚的相拥。以为年华悄悄更换，转过身，年华还在这里。

（四）大理古城

都说大理城四季如春，有着柔软的风，七彩的云，娇媚的花草和清朗的阳光。来到这里，便可以遗忘江湖，丢掉纷芜的过往，专心做一个热爱生活的人。

越过大理古老的城墙，整个大理国的历史像一本无字之书，将绵延的文化都刻在这片老墙上。立于城墙之内，就能真切地触摸这座城市宁静的烟火、细碎的柔软以及昨天的温度。大理城古朴而幽静，满城飘散着花草，流淌着泠泠清澈的溪水。大理人在自家的院落里种上各式花草，缓慢地生活着。每天，脸上都带着平静的微笑，用心去爱自己的生活。

　　这是个让人不忍心辜负，也不能辜负的城市。自清晨醒来，接受古城的第一缕阳光，就注定要被这座城市感染。它无须你为之倾倒，只要在大理的天空下，和一朵白云安静说话，喝一杯山茶花的清露，陪树荫下的老人下一盘棋，或是与院子里的阿婆挑拣一篮子的菜叶。平淡的一天，就这样被大理人泡入茶盏里，描在门窗上，做进扎染中。黄昏时，悠缓的小城在暮色中更加安静。攀附在院墙上的绿藤总是在提醒着，多年前一段不能忘记的相遇。归来的人，闻着花香，踩着镀金的斜阳，就这样送走了黄昏，迎来了月色。

　　这是一座浸透着回忆的小城，每一道风景都让时间想要留步，陪同它们温柔地怀旧。见过风花雪月，又见过禅心云水，岁月的行囊总是觉得填不满。历史的舞台，每天都在更换新的角色，大理，一定还有许多传奇不为人知。那些故事，藏在七彩的云朵里，藏在细碎的生活中，这一切就托付给日子一点一滴去品尝。

岁 月 静 好 　 现 世 安 稳

　　如果可以，就让自己幻化为蝴蝶泉畔的一只彩蝶，或是掠
过城墙的一朵白云，背负着这段相遇和别离。只要不飞越苍山洱
海，伸手的时候，我们还可以触摸到这座城，这座叫大理的城，
今生不能遗忘的城。

　　我不知道，千百次在梦里相遇的丽江，如今清晰地见着它的容颜，算是一种初来还是一种重逢。淡雅的山水、浓郁的风俗，还有以前不曾见过的美丽，在生命里逐渐鲜活。行走在小桥与流水装帧的街巷，你会觉得丽江的尘埃都是风情的。

　　无论你怀着怎样平庸的心境，都会被空气中弥漫的风情感染，千年民俗酝酿出的芬芳可以将你漂洗得风姿万种。在我背上行囊、独自放逐在丽江的时候就知道，一路上会有那么多的风情与我偎依。

　　有人说丽江的时光是柔软的，它可以让生硬的世俗走向婉转轻盈。有人说丽江的故事是风情的，它可以让平淡的生活过得明

岁 月 静 好　　现 世 安 稳

媚鲜妍。甚至有人说丽江的山水可以疗伤，它能够熨平过往斑驳的痕迹，让你的心清澈透明。丽江的确是天然独特的，它处在遥远的云贵高原，以茶马古道的沧桑为底蕴，又以玉龙雪山的皎洁为背景，朴实却有韵味，风情而不妖娆。

岁月之于这里，只不过是一种如同流水的过程，丝毫不会改变它的模样。千百年前遗落在这里的美丽，千百年后还能找到。徜徉在丽江自然天成的风景间，任何一个不经意的瞬间都会让你跌进遥远的记忆里，在经年的往事和怀旧的情感中沉浸。这就是丽江，以神奇的风采和别样的韵味烙刻在每个人的心中，让丢失昨天的人找到今天，又让拥有今天的人向往明天。

丽江古城像一个不曾被翻阅的故事，用同一种色调与风格静静地封存在丽江。层层叠叠的青瓦上积淀着不同朝代的尘土，凝重里带着纯粹，纯粹中又含有原始。这里不曾被莫名的心事闯入，亦不曾被无理的情感纠缠，只是在简朴的风景里保持一份天然的率性、固执的洒脱。

对于丽江，我同所有的人一样，带着陌生的熟悉感走进，去寻找浮华岁月里的沉静安然，去追求纷繁俗世的阳春白雪。在丽江朴实闲逸的日子里，连怅惘都是明净的，你可以穿过时光的苍茫找回真实的自己。这里会让你忘记那些疲倦的过往，也不再担忧日子会悄然溜走，因为丽江是平静永恒的，纵然再过十年，你依然可以拥有它的纯粹与风华。

　　风景只为懂得的人而生，可四方街的风景却为每一个平凡的过客而生。无论你是否真的懂得，抑或是一无所知，都不重要，它会以同样的风情浸入你的眼睛，给你日光的温暖。五彩石铺就的石板路被岁月磨去了光泽，无论是晴天还是雨季，带给路人的都是一种生命的淡定与清凉。沿街的小商品铺子，摆放着纳西民族的各种风物，无论是木刻还是扎染，驼铃或是银饰，都会给你带来别样的惊喜。

　　每一件物品都牵扯着某种难言的情结，纵然你要渐行渐远，却也有过温柔的相逢，相逢在彩云之南，相逢在古城丽江。且裁一片纳西风景存入年轻的记忆，或摘几朵丽江的云彩装进过客的行囊，多年以后，你会反复地想起这儿有过人生最美的瞬间。这个瞬间会将你锁在时光的镜中，看得到时光之外的一切，却再也走不出来了。

　　穿行在迷离交错的石巷，你不必猜测哪条路径会有更绝美的风景，因为任何一处都收藏着丽江遗韵。只要轻轻走进，便会碰触一段惊心。而纳西古乐就是落入人间的仙乐，它落在古城的梦里，拨动了路人最易感的那根心弦。纳西文化以它古朴的风韵镶嵌在丽江的瓦檐、丽江的窗户、丽江的每一处巷陌与桥头。

那些素朴纯然、风韵独特的壁画和东巴文字，装点着纳西人或豪放，或婉约，或中庸的天然性情，也铺展着纳西民族丰富多彩、意态万千的文化艺术。那些看似简约寻常实则繁复含蓄的象形文字，会令你对纳西风情滋生无限的遐想。每一个字符都需要心灵的沉淀，再随着它们袅娜娉婷的姿态一起翩跹起舞，回归到曾经古老的时光，召唤历史深处浓郁的情结。每一种意象都诠释着不同的生命真意，倘若你无法深刻理解，就把它们当成丽江的风景，而你就是那个远方来看风景的人。转身离开，你留下几许难舍的情愫，带走一段无言的记忆。

梦似驼铃惊明月，心如红叶染青山。在那条向晚的古巷，隐约听得到叮咚的马铃声远远地传来，惊醒了我对茶马古道千丝万缕的向往。那是一条凝聚了茶马文明的古道，成群的马帮奔波在雪域高原，用刚毅果敢的精神探寻一条生存之路与人生之路。他们曾经无数次在丽江这座古城驻足，带来遥远的尘埃，又留下征程的烙印。

　　站在古巷的路口，望着远方恍惚的青烟，那光洁的石板不知被多少脚印打磨得这般温润。这就像是一条轮回巷，穿过去，可以找到前世，而走出来，又可以寻回今生。丽江的前世今生被许多人不知疲倦地追寻着，他们带着各自悲欢的故事来到这里，安然地抛掷过往，只存下这一段沉静的光阴。无论将来是停留还是远离，都已经不重要，只为这曾经的拥有。

　　岁月的苍苔依旧墨绿如初，今晚的丽江可还有梦？那婉转轻快的葫芦丝重复地吹奏着一曲月光下的凤尾竹，连同夜色里柔和的灯光一起纠缠你的思绪，迷醉你的意念，蛊惑你的情感。纵然还有难以搁下的心事，看着一湾清冷的溪水你便安静下来了。

　　一盏盏荷花灯在水中漂浮着精致的年华，星星点点地诉说着当年的一段城南旧事。古旧的小桥，古旧的流水，古旧的茶坊，连酒吧都是古旧的，这么多的古旧串起了一道夜晚的风景，在不同的人心中编织相同的梦。就是这些看似朴素老旧的时光剪影，却带给寻梦者曼妙无尽的风情。我不知道前生是否来过，为何这一切会如此熟悉，熟悉得像遇见一位久违的故人，无须言说便已懂得，懂得她昨天的故事、懂得她今日的容颜，亦懂得她明天的回忆。

岁 月 静 好　　现 世 安 稳

一定还有什么风景是我不曾抵达的，不然怎么还有那么多留人的目光令我心痛，不然怎么还有那么多会心的微笑令我感动。在丽江，我不是那个初来的人，也不是那最后的一个。多年以前，有许多的人跋山涉水地将它寻找；多年以后，有更多的人一往情深地将它珍藏。

我有想过用人生作注，从此相忘江湖，老在丽江。可红尘百媚千红，终究无法舍弃，就这样选择离去，在阳光洒落的粉尘中离去。依稀记得，丽江拿一杯山茶花的清露为我淡淡送别。可是，待到年华老去，我又该拿什么来回忆昨天的你？那片纳西风景，那朵丽江白云，抑或是其他，抑或什么也不是。

寻梦边城

寻找边城，就像寻找一条无声的河流，在湘西古老的渡口停歇。璞玉一般的边城被时光遗忘，又被岁月风蚀。如今它宛若出岫的朝霞，打开封存千年的长卷，用洁净的山水，黛青的瓦房，质朴的笑脸填充着外来者的故事与行囊。

有些人在斑驳的老墙上，细数凤凰流逝的岁月；有些人在平静的沱江上，寻找凤凰过往的瞬间；有些人在潮湿的石板路上，追忆凤凰行去的旧梦。在此之前，不曾有惆怅的理由；在此之后，不再有漂泊的借口。

行走在古桥的回廊，静静地感受着边城朴素的风味与格调。虹桥的长度也是人生的长度，它的距离是此岸至彼岸，你可以停

岁 月 静 好　　现 世 安 稳

留在一端，也可以来来往往，却永远无法穿越。站在虹桥上，听
着时光流淌的声音，你的眼中唯有桥下的碧水，而不再是桥本身
的内涵了。

看桥下来往穿行的过船，那么多摇桨的手，你不知道哪只手
是在挥别，哪只手是在召唤。无论他们朝着哪个方向前行，都是
沿着各自向往的轨迹行进。你所能做的依旧是停下，眺望，任阳
光从不同的角度倾泻在桥上。那凝聚着智慧与博爱的阳光，不带
任何尘埃与纷扰，完完全全地洒落在边城每一处有风景的地方。

沱江边弥漫着缭绕的乳雾，许多内敛的美丽在这里深藏。边
城的人文历史，边城的风情故事，边城的源泉命脉，都是从沱江
的水开始的。这是灵秀之水，它养育了一代又一代的边城人，浸
洗他们质朴的灵魂。这是智性之水，它可以载舟，也可以覆舟。
它给仁者以辽阔，给愚者以狭隘。

那些站在船头歌唱的苗家姑娘，美妙的歌声、纯净的曲调消
融在一山一水中，让南来北往的游人沉醉在其间不愿醒来。那些
摇橹的船工，在沱江上风雨一生，直到磨尽最后的光阴。一艘艘
漂浮在水上的小舟，为过客停泊，也为过客漂流。它可以划过沱
江昨天的故事，还能划过边城未来的梦想。

　　江岸边歪斜的吊脚楼装饰了凤凰的梦，有的人在染尽岁月履痕的小楼守望，有的人将叹息挂在了屋檐下的窗棂上。在水中的倒影里寻找当年的历史陈迹，古朴的旧物，清透的江水，一如平常的想象，却有着清醒的震撼。穿越时空的界限，捕捉曾经的光与影，重现过往的春与秋。

　　思想被旧景深深地撞击，温柔的水也有了锐利的锋芒，它刺向远古的记忆，剥析真实的历史。关于吊脚楼有许多丢落的片段，它们被江水淹没，也被江水承载。你可以多情地打捞，也可以淡然地撒手，记起或者遗忘，都不重要。这里为你开启的还是一样的风景，一样的明天。

　　跳跃的思绪被石板路拉得好长，深深的巷陌仿佛潜藏着许多古老的秘密。烟雨落在青瓦上，顺着屋檐滑下了一些过往的尘土。有时候，烟雨比阳光更有力量，它可以穿透云雾的幻觉、山水的诺言，用温润和清绝摄取人性柔软的情感，又用潮湿和含蓄收藏心灵颤抖的故事。它给你熟悉的感动，又给你迷离的清醒。

　　行走在石板路上，于简洁的旧物中寻找至美的风景，仿佛多了一份平实的内蕴。石板路似乎是一位从岁月深处走来的老人，叙说着往事，平淡祥和，甚至连叹息都不曾有。那些来边城寻梦

岁 月 静 好　　现 世 安 稳

的人，身影与身影擦肩而过，灵魂与灵魂相互叠合，将故事与情感刻进青石板路上。每一块青石，都镂刻时光的痕迹，记载历史的风云，也凝聚人文的精粹。多少年来，保持理性的缄默，收藏着每一个路人淡淡的牵怀。

走进古朴的老街，就如同走进凤凰灵魂的最深处，这些来自古城内在的影像，是许多人穷其一生的主题。苔藓攀附的墙角，呈现墨绿色的旧痕，揭开这些斑驳的记忆，让生命重新在阳光下鲜活。狭窄的老街摆放的都是带有民族风情的染坊、酒坊、银坊，还有让人目不暇接的小吃。

一位卖姜糖的老阿婆将边城人清甜的生活也融入进姜糖里，她额头的皱纹是那么美丽，美丽得会让你感到有一种慈祥的安宁，又有一种沧桑的疼痛。当心与心不再有距离的时候，感动成了唯一的温暖。站在路的尽头，看阳光与烟雾交融着不舍的情结，看眼眸与心灵传递着难言的眷念。恍然明白，有多少前尘过往，就有多少蓦然回首；有多少人情世故，就有多少离合悲欢。

酡红的夕阳点亮信仰的火把，燃烧众生蛰伏已久的渴望。一条红色的河流将整个凤凰染醉，许多铺展的意象汇聚成智者的思考。站在古老的城墙上，看远处巍巍的南华山于淡定中蕴藏的坚毅，看黄昏薄暮下满江浮动的船橹，看那些挎着竹篮行走在青石路上的苗家姑娘，看对岸河流上那些挪动脚步的纤夫。

这样质朴平淡的生活，一点一滴的细节，如同微澜的水纹，氤氲的乳雾，缓缓地渗入你的思想，深深地感动你的心灵。放下过客的行囊与湘西的岁月对话，与凤凰的山水对话，与边城的翠翠对话。当炊烟升起的时候，你会情不自禁地以为，这里就是故乡。

这地方叫边城，湘西人生长的边城，沈从文笔下的边城，外来者梦里的边城。它不似青鸟有飞翔的翅膀，可以追逐远方的寥廓；它不似烟云有缥缈的魂魄，可以舒卷人生的寂寞；它不似流水有婉转的意象，可以抵达生命的彼岸；它不似明月有圆缺的故事，可以照见古今的沧桑。

它只是安静地生在故土，老在故土，没有背叛，没有离弃，将祖祖辈辈的平淡岁月镶嵌在小城的风景中。如果说边城是静止的风景，你就是行走的风景，你转身离去时便已消逝无影，而边城却注定拥有地久天长。

边城是人生的驿站，许多人来这里，是为了寻找一个曾经遗忘又被记起的梦，为了寻找时间渡口的那个翠翠。有人说翠翠就倚着吊脚楼的窗户看风景，有人说翠翠在沱江的木船上唱歌，也有人说翠翠被蜡染的人染进了黛色的布匹里。

许多年前，翠翠十六岁，许多年后，翠翠还是十六岁。来的时候带着宁静的心，不被光阴追逐，也不被世俗纠缠。走的时候将灵魂寄宿在边城，待有那么一日，再度行来，行来时已不再是过客，而是边城的归人了。

倚着暮色擦拭边城这幅水墨长卷，当目光穿透远方迷离的过往时，一些模糊的片段注定要老去。智性之水在阳光下闪烁透明的真理，生命之水在烟雾中蒸腾如黛的记忆。在水中寻找一种朴素的大美，这美通向平和旷达的人生。那一艘艘古老的小舟，失去了搁歇的理由，在静默的沱江上，划过古城无言的韵迹。放下追忆的心情，悄然离去，不惊醒凤凰沉睡千年的梦。

岁　月　静　好　　现　世　安　稳

我们从最深的红尘里走出来，跋涉万水千山，只为赶赴一场禅佛的约定。只为在春光的此岸，丈量彼岸莲开的风景。万里青山，睡卧如佛，岩石守信诺，草木有灵性，鸟兽懂慈悲，世间万物，皆有不可言说的佛性。禅林深处的古刹楼台，是为了给天涯流云、人间萍客一个宁静的归宿。在这里，可以看到手持禅杖的高僧，在云中悠然往来；可以看到背着行囊的香客，在古道信步游走。昨天的沧海，是今日的桑田；此刻的离散，是明天的相逢。悲悯的佛，教我们要学会放下，懂得感恩。

第
三
卷

菩提道场

普陀佛国

生命是一场旷达明净的远行，将人文和历史装进行囊，携着温润的思想与情感，一路匆匆赶赴，又闲庭信步，流转四季，无悔风霜。于寥落时觅求繁华，又在璀璨中寻找淡然。在疏离时渴望热烈，又在喧闹中向往宁静。

四时风光，人间景物，承载了山水的天然气韵，蕴含了岁月的无穷真意。风景就像是人生行途中的驿站，每一次放逐都会让你从年轻走向成熟，从浅薄走向深沉，从浮躁走向淡定。这一站，抵达的是观音道场——普陀山，有着海天佛国之称的菩提禅境。

来的时候，无须带着一颗参禅悟道的心，这儿的风就会为你洗彻尘埃，纵然你只是凡胎俗骨，灵魂亦可以洁净如莲。遥望远山碧水，近观佛影禅林，只是短暂的瞬间，昨天的怅惘换作今日的通透，过往的迷醉换作此刻的清醒。这就是佛国，就是禅境，你不必诚然地追寻宁静，就可以感受到庙宇的出尘；你无须刻意去拥有宽容，就可以深悟莲花的慈悲。

穿行在山林路径，两畔的苍松古柏，因为浸染了普陀的香火，也做着禅意的沉思。钟鼓唤醒还在迷失的心灵，梵音浇醉原本浮躁的思想，此时的普济禅寺已经为你开启了朝圣的重门，展示着洁净无尘的风景，也讲述着千百年的风雨故事。海印池中的莲半醒半梦地开着，纵是孤独如水，也有着植入水中的含容。做一朵佛前的睡莲是许多人今生的企盼，浸润古木檀香，聆听梵音经贝，常伴晨钟暮鼓，无须入世，不求闻达。

步入大圆通殿，你抬眉时会与殿内的观音菩萨对望，只是刹那，会让你多情地以为，她如此执着地端坐在莲台，是为了等待你的到来，这不曾约定却相逢的缘分，更是经久铭心。东西两壁更有不同形态的菩萨，是观音以不同身份教化世人。纵算是一粒微不足道的尘埃，她也会给你同样的慈爱与悲悯，让佛光照耀你渺小的生命与灵魂。

岁 月 静 好　　现 世 安 稳

　　若说是为了朝拜慧济寺才选择登上佛顶山，莫如说是被眼前缥缈的云雾所迷惑。那座如梦似幻的佛顶山沉浸在烟云雾海中，恍若阆苑仙葩，会让你迫切地想要穿越云层的表象，抵达它的真身。游离在云端，步履轻盈，这样神奇的幻境足以让你抛掷世间的一切功贵，甘愿预支一生来沉迷。哪怕醒来人世已然偷换，沧海化作桑田，亦是决然无悔。

　　微风细雨中，眼前恰好呈现出一幅千年画卷，画的名字叫：多少楼台烟雨中。穿过画卷中的山林与云海，那么多的楼台庙宇将空灵与禅意彻底释放出来，有一种物我两忘的明净与从容。而此时的你，会想象自己是一位得道高僧，手执禅杖，在云中穿梭往来。恍然间，此岸为莲花净土，彼岸已是红尘万丈。

　　行走在林间曲径，听潮音起落，感天地纯然，有意无意之间，不知道哪一段风景又会与生命相关。与法雨寺的邂逅不是偶然，亦不是必然，也许你不会深情地驻足，但是一定不能清淡地错过。重楼殿宇坐落在白云深处，意境高远，气象超凡，里面关住了万千佛像，庄严妙法。

　　云水禅心，千年流转，这里有过观音现身说法，这里有过高僧慈航普度。有人来过，又走了，只是天涯过客。有人走了，又来了，做这寺院归人。好风如水，这里不宜对酒长歌，明月无尘，这里只许静坐听禅。沿着来时的路离去，去寻找前方更明亮的风景，回首的过程却蕴藏了一份醒世的清凉，会让你觉得人生若禅，越参越孤独，世味如茶，越品越淡泊。

　　风物是静止的，而思想却在流动，连同步履，还有眼目，都在朝着远方追寻。南海观世音铜像就是以她的万丈光芒摄住众生的魂魄，让你一往情深地朝她走近，并且无比虔诚。这由远而近的距离，让你不敢有丝毫的恍惚，怕一个低眉，她就会转身，就会与你擦肩。直到你真实地伫立在她的莲台下，与她眼眸对望，与她呼吸相闻，才能真正地安然释怀。

　　这样无言的过程，似白云出岫，似花开见佛，令万物舒展，暗香流泻。无须殿宇的遮蔽，无须楼台的装饰，南海观音就这样立于寥廓的天地间，淡定从容地看着繁华众相，度化大千世界的一切生灵。这样一次碰撞，纵然将来斗转星移，也不能将她遗忘，纵然以后相隔万水千山，你也不曾与她远离。哪怕纷芜的人世让你疏离了爱恨，模糊了悲喜，她这温柔善意的一瞥，也足以令你从此只想洁净地存在，慈悲地活着。

有微风拂动过客的衣衫,是另一种无声的牵引。只闻得竹叶萧萧,似乎在提醒你这儿还有一处幽境是不能错过的。紫竹林是观音禅坐修炼之地,尽管在竹韵生风的紫竹中寻觅不到她飘逸的仙骨,可是流动的空气里却能感知她幻化无形的身影无处不在。抬眉看见一方木匾,写着"不肯去观音院",别样的名称令人想起它的由来。

后梁贞明二年(916年),日僧慧锷从五台山奉观音像回国,船经普陀海面受阻,以为菩萨不愿东去,便靠岸留下佛像,由张姓居民供奉,称为"不肯去观音院"。徜徉在无尘的禅院,心也随之沉静,仿佛一炷檀香可以点燃流逝的岁月,一方木鱼可以敲醒沉寂的光阴,一卷经书可以更改注定的宿命,一管竹箫可以吹彻山水的诺言。

钟声是一种召唤,也是一种挥别,这儿的时光似乎不容许你过多地停留,任何不舍的驻足皆会视为纠缠。都说年华苦短,回首过往,究竟是光阴将你追逐,还是你虚度了光阴?想来佛也不能给你一个明确的回答,既然过往已成为追忆,那么就珍惜将来,因为将来隐喻了更深刻的禅机。普陀山,有多少人来到这里,不由自主地把俗世的时光给丢了;又有多少人来到这里,漫不经心地将城市的繁华给忘记。而这一切皆有因果,皆为命定。

　　缘来缘去，如同潮起潮落，来时浪花翻涌，惊涛拍岸，去时碧海清波，淡定从容。一次历程见证一段超越，一次追寻成就一份完美。多年以后，记忆中的普陀，是一坛封存的佳酿，无色亦无味；是一曲流淌的弦歌，无调亦无音；是一粒飘忽的微尘，无来亦无往。

峨眉秀色 //

　　每个人的人生旅途，都是在出尘与入尘间游走，一路感受着梦里和梦外的风情。穿过生命狭隘的巷陌，向更深远的空茫驰骋，万里青山，百代长河，无穷的风云尽收眼底。此时的光阴，落在了有"峨眉天下秀"之称的峨眉山。峨眉，只读这两个字，就觉得是一位飘逸出尘的女子，有着婉约的眉黛、绰约的风姿，在云烟缥缈的幻境，月华如洗的山峰，独自翩然。

　　时光是这般澄澈如流，滔滔不止；风物是这般苍翠葱茏，生生不息。远处的峨眉山，恍若一块镶嵌在天地间的无瑕美玉，如莲姿态，似佛性灵，穿透来往过客薄薄的衣襟，直抵灵魂深处。看着寥廓长空、万古山河，你会深刻地明白，人生是一种取舍，想要拥有世间纯然如水的宁静，就要舍弃红尘五味杂陈的烟火。

有人背着诗囊，有人手持禅杖，有人携带古琴，有人执佩孤剑，他们走过唐风宋雨，带着天南地北的尘埃，伴随每一个晨昏日落，历尽每一季雨雪风霜。有着阳春白雪的明净，云水禅心的通透；也有着流水落花的清泠，快意恩仇的旷达。过往的时光清澈地溅落在身上，来来往往，皆是人间萍客，只有这峨眉仙境，金顶佛光，始终不曾更改昨日容颜。

第一景　　金顶佛光

［日　出］

守望日出，如同黑夜期待黎明，花落等候花开，好似蝶蛹的蜕变，从素朴走向大美。站在人生宽阔的岸边，清风吹彻曾经迷离的思绪，时光也因等待变得悠长而宁静。日出东方，天地交融，几缕红霞携带几片镶了金边的云彩，在紫蓝色的天幕下飘游。

山峦间，一点红日缓缓上升，渐次转变成小弯、半圆，轻盈的姿态，优美的弧度，似一种无言的浪漫碾过柔软的心灵。转瞬的跳跃，带着一束稍纵即逝的尾光，一轮红日镶嵌的天边，方才的梦幻也被决然惊醒。

霞光万丈，整座峨眉山沐浴在金色中，远处的青衣江、大渡河似两条白练，它们将千山万岭环绕在一起，令风景汇聚、情思交集。还有起伏连绵的大雪山，斜卧在众山之巅，被朝霞雕琢成镂花白玉，晶莹的气质如梦似幻。

金顶的日出，每一天都不同，纵然你守望成一尊雕像，也无法捕捉相同的景色，它所能给的，只是千姿百态的秀美。其实日出又何尝不是日落，只因朝霞出东方与夕阳沉黄昏的差异，就给人一种沧海桑田的变迁，无论是心境还是情境都风格迥然。虽说人生短暂，如果你丢失了昨日，还有崭新的今天，纵然你错过今朝，还会有鲜妍的明日。金顶的日出会为每一个世人平静等候，岁岁年年。

［云　海］

追逐云海，仿佛追逐一段无由的前生，只随意念，不问因果。那波浪翻涌的云海将漫漫河山掩藏得无影无踪，人间万事也随之扑朔迷离。云海苍茫，铺陈着无边无涯的意象，缥缈时如蓬莱仙境，明净时若秋水长风，翻卷时似万马奔腾，寥廓时若碧海青天。

大雄宝殿也笼罩在白雾之中，虽看不到它的庄严雄伟，却能听见禅师们诵经的梵音，那轻柔的吟唱有一种清澈的力度，它穿透云雾的迷离，将你从云烟中唤醒，又跌入另一段禅境中。还有宝殿前的十面佛，普贤菩萨骑着神象，恍若从天庭腾云而来，云开雾散时才能看见他身披闪耀的金光，无私地照彻山河大地。

层云叠影，好似大千如来幻境，那隐现在云海里的千岩万壑如同佛陀的须弥禅座，浩瀚佛法，宽阔无垠。只有当你登临这绝秀的峨眉之巅，看尽云烟万状才会明白，千百年来，为什么会有那么多人甘愿舍身崖下，他们也许并不想成佛成仙，只是经不起雪浪云涛的诱惑，便决绝飞渡云海迷境。

明知这纵身一跃，就是人生的终结，可依旧那么锲而不舍地奔赴，毅然舍弃世间瑰丽的繁华，去换取梦断尘埃的宿命。不要问这是迷途还是归途，任何诠释在云海世界都显得那么微不足道。铅华洗尽会懂得，有一种万象叫苍茫，有一种佛法叫无边。

岁 月 静 好　　现 世 安 稳

[佛　光]

　　静候佛光，有如静候人生一段最粲然的奇迹，无须约定，终会相逢。在峨眉之巅，金顶峰上，阳光与云雾交集时，经常会出现七色瑰丽的佛光。佛经上说，佛光是释迦牟尼眉宇间绽放出来的光芒，宛若一朵金莲，圣洁无私地普照乾坤万里。

　　为此，有如云香客穿越万水千山，携着不息的信仰徒步登山，只为濡染那无边的佛光幻彩。登临金顶，透过斑驳的阳光和迷离的烟雾，看到七色佛光，璀璨斑斓，又虚明如镜。那妙不可言的光影投射在自己的身上，举手投足，影皆随形。更神奇的是，纵然有万千之人同时观望，观者也只能看到自己的影子，不见旁人。是大自然赋予的性灵，才会有这样秀色天然、江山无限的旖旎画卷，让游人沉浸在自己的影子里，陶醉不已。

　　那佛光遥挂在峨眉金顶，轻似烟萝，梦似南柯，给迷惘的人指引光明，给落寞的人带去温暖。这是慈善之光，是救世之光，也是吉祥之光，它笑傲沧海，度尽众生，它历经百代，造化桑田。都说，与佛有缘的人才能看到佛光，其实佛者仁厚，他给万物生灵以光、以暖，缘深缘浅，则为个人的悟性。

红尘在此岸，佛界在彼岸，此岸与彼岸之间，隔着的是一
道如烟岁月。它们对望，相惜，却永远无法叠合在一起。而距离
成就了千古美丽，让无数的世人奔赴峨眉，只为这莲台的慈悲。
来来去去，形同佛光幻景，无须期待相遇，也不必惧怕别离。回
首苍茫的山巅，那金顶的一盏熠熠佛光，还在为谁照耀一段似水
流年?

[圣　灯]

寻觅圣灯，好似在暗夜里找寻一点流萤，若隐若现，缥缈难
捉。圣灯与佛光，仿佛是黑夜与白日的交替，它们带着佛的神圣
与洁净，让红尘过客为之追寻，却又不曾将谁辜负。在月黑风高
之夜，金顶的舍身崖下，忽见一光如萤，继而数点，渐至无数，
游离在幽暗静谧的山谷，闪烁不定。这就是圣灯，它游离峭崖，
窈窕弄影，这点点莹亮，给人绝境逢生之感。它不似明月星辰，
遥挂在寥廓天空，无论你寄身何地，都可以仰望。圣灯之奇妙，
如绝代佳人，飘忽在幽谷，唯有在名山险峰，才能觅寻仙踪，一
睹佳颜。

峨眉金顶，被认为是观赏圣灯之最合适之所，那点点焰影，
似流光飞渡，古往今来，摄住了无数观者明明灭灭的灵魂。是圣

灯的光环，照耀了四野的幽暗，让来者豁然，去者明净；让聚者淡定，散者从容。有些人游走在白天的风景，有些人醉心于夜色的梦境，无论是清朗还是深邃，都有沉迷的理由。当探索者的步履匆匆远去，那闪烁流萤的圣灯，守候的又将是谁的黎明？

第二景　万年寺

撩开烟云雾霭的幻境，是一段白水秋风的明净与高远。万年寺就临着这秋云高天、白水池畔过尽千年，无关因果，无关宿命。穿过潺潺涧溪低吟的昨天，循着片片枫红浸染的往事，站在古寺厚重的门前，看一场晋时的烟火，听一曲宋朝的梵唱，寻一张明代的背影。

步入无梁砖殿，观望这无梁无柱的神奇建筑，墙壁上的清凉装饰，映衬了佛殿的静穆与庄严。无须找寻，普贤菩萨坐在白象上的端然姿态会与你相望，他头戴五佛金冠，手执如意，体态丰满，神韵生动。其座下的六牙白象气势雄浑，带着与生俱来的使命，立于莲台之上，已成了普贤菩萨的象征。他们守护万年寺的楼阁殿宇，守护峨眉的青山绿水，也许他们容易被人忘记，可同样也容易被人记起。

　　白云轻飞，秋水无尘，这儿曾有唐代僧人为诗仙李白临水抚琴，李白亦著有诗《听蜀僧濬弹琴》，诗曰："蜀僧抱绿绮，西下峨眉峰。为我一挥手，如听万壑松。客心洗流水，余响入霜钟。不觉碧山暮，秋云暗几重。"据说白水池中还生息着一种小精灵弹琴蛙，游人来时，它们时常会发出悦耳的鸣叫，恍若泠泠琴声，妙不可言。檐角上的铜铃摇荡着时光流逝的清音，总有人在锈迹斑驳的铜炉前回忆昔日的繁盛。此时不闻琴声，似听蛙鸣，那一曲流水秋云的韵律是否响在了别处，抑或只有风雅之人才能听闻当年的妙曲佳音？

　　是香火的熏染，让瓦当凝重如黛；是梵音的低唱，让楼阁清淡如洗。一道重门，几扇木窗，掩映的是古人背影，呈现的是今人叹息。仿佛来来往往的人总是喜欢探询自己的所得所失，其实得与失、来与去之间，有太多无法诠释的纠缠。穿行在槛内，纠缠也归结成一种了悟的禅意；踏出槛外，纠缠已是一种无味的追寻。

第三景　清音阁

　　如果说青山是披在峨眉身上的绿衣，那么碧水就是挂在峨眉胸前的翠玉。走进清音阁，那山径的微风，溪涧的流水，在你还

岁 月 静 好　　现 世 安 稳

不曾放下旅程的疲惫时，就已悄然潜入你的心里，此刻的时光，连风尘都是清澈的。

"何必丝与竹，山水有清音。"清音阁就是慕着这句诗而得名的，山水的天然之音，胜过丝竹婉转的韵律。这儿的风景，有着被山风澄洗过的明朗，有着被溪水浸润过的纯净。它不会因为你莫名地闯入而滋生怅然的尘埃，它可以装点无数过客禅意的梦境，而来往的路人却收藏不住它流逝的瞬间。

清音阁也称卧云寺，系唐僖宗乾符四年（877年）慧通禅师所创建。阁下有双飞桥，两桥之间耸立着双飞亭，清澈晶莹的黑白二水从桥下奔流而过，滔滔白浪，冲洗着碧潭中一块状如牛心的巨石。牛心石被流水打磨得光滑如镜，仿佛照得见千万年前的光阴，它伫立于此，经历了浮萍的聚散，看惯了流淌的风景，心境依旧如泉水般从容淡定。

惊涛拍石，激起碎玉飞花，泠泠之音，似古琴弹奏，时而清朗，时而深沉，时而悠扬，时而激越。月朗风清之夜，万籁寂静之时，这清冷的水声回荡在幽林山谷，整个清音阁沉浸在无尘之境。历代高僧与无数旅人坐在水潭前的洗心台上，静听涧水清音，心如莲花，坚守着这份纯净的美丽。

佛祖是智性的，当你想要彻底走进，他会将你淡淡疏离；当你试图走开，他又会将你轻轻留住。清音阁是收藏灵魂的地方，每一个来过的人，都愿意将年华寄存在这禅意的时光里，纵算要留下一半的青春作注，也不改初衷。

当追寻的脚步站在了新的起点，忘不掉的依然是过往的情结。回望清音阁，想着行将消逝的风景，注定老去的年华，谁还会后悔，曾经有过这样一段被菩提净洗过的人生？

第四景　一线天

走过水复山重的风景，有一段烟尘之路，是通向白云峡的。峡外是视野开阔的明朗，峡内是曲径幽深的清凉。步入峡谷，仰望峰岭瘦削的一线天，此般景致，仿佛是一座巍峨峻峭的大山，被如刀的岁月劈开，透过断垣残壁，斜枝疏叶，方呈露这一线蓝天。这清瘦天然的别境，给历险的行途，带来了丰盈壮阔的思想。

是跳跃的时光，打开了山峦封存的底蕴，释放出万古风华，让闯入的行者在狭窄的空间里感受谷中世界的奇妙。纵然这是一段四面楚歌的险程，可依然有许多人甘愿从浩瀚天地走进这通幽曲径，是为了给人生旅途留下更加壮美的想象。

　　穿行在迂回的山径，灵逸的清风恍如从远古飘来，悄悄拉开你的行囊，拂动你的衣衫。滔滔不止的溪流，沿着弯曲的山道，盘旋回转，一带细水两岸山崖，曲线玲珑，意境清幽。如珠似玉的碎石沉静在幽潭，青红黑白，是破碎的光阴里隐藏的美丽。

　　在这里，阳光是薄浅的，它试图穿透一线天井，用光芒照射那些潮湿青涩的角落，却不知这样多情的举动，让山谷独有的清幽和凉意悄然蒸发。遇逆境方显英雄本色，处峡谷才知乾坤博大，世间名利的争夺仿佛只是变幻风云里的一段插曲。

　　希望是在毁灭之后重生的，当你超越狭隘的境遇，让思想冲破命运囚禁的锁链，梦中的奇迹又是否还会遥远？在这个需要天空的山谷，在这个寓藏风云的幽境，沉寂之后的探索者会借着精神的翅膀冲破云霄，重新去赏阅世间的万千气象，河山风流。

　　任你如何想要收藏峨眉每一片生动的剪影，可人生总是有太多的风景无法看尽。清醒的现实会将你从恍惚的梦境里追赶，心中的莲绽放了最后的一瓣花朵，思想的裂缝也会随之吞噬那缕淡淡的遗香。背上沉重的行囊，看着你从佛的胜境里消瘦地离开。

　　许多时候，当你以为离佛很近，其实只是槛外的红尘过客，在擦肩时失落地回眸。当你真正了悟禅的性灵，生命也就澄澈了，哪怕只是佛前的一朵青莲，亦有其含蓄的风韵，因为它汲取了佛界浩瀚的慈悲。

　　烟尘飘荡，风云收卷，探索者急促的脚步在峨眉的边缘已然迟缓。究竟是这里的时光将你囚住，还是你想要定格在这段光阴里？若非如此，为何渐次远去的绿水青山还在眼前徘徊；若非如此，为何早已消散的经贝梵音还在耳畔萦绕。

　　峨眉山，你将天下绝秀的景致给了匆匆过客，而如流过客，又抛下什么给你？这悲悯的佛啊，当你面对这么多的离合悲喜，为何还可以这样淡定平和？或许，这些在无言背景中别离的过客，有一天会蓦然地记起，曾经有一株菩提种植在流香的过往里，它叫峨眉。

九华禅境

都说九华山有九座山峰形似莲花，它们带着与生俱来的奇秀，和时光一同生长，有着永不凋谢的灵魂。许多人来到这里，在莲花的禅意里滋生梦境的想象，常常会忘记自己身为过客的迷惘。

九华山的风景，是一轴天然的山水画卷，它遥挂在云端，流淌的水墨诉说着禅佛的性明。这里的光阴很迷幻，你来的时候，生命点缀了青春的容妆，待你转身，年华已老去初时的模样。佛说，浮生若尘埃，那九朵莲花，看惯了人生的萍聚萍散，不会为谁将注定的明天等待，亦不会为谁把写好的故事更改。

第三卷　菩提道场

（一）九华缘起

当你携带如莲的心境起程时，九华山已向众生敞开心门，九华山的人文禅理亦濡染了整个徽州大地，让似水莲花盛开在每个古意阑珊的角落。

这里是大愿地藏王菩萨的道场，有高僧金乔觉登临九华，择幽深处苦心修炼数十载，于九十九岁高龄圆寂。历经三载，其肉身颜色如生，众僧侣追索他生年的行持及诸多迹象，认定他为地藏菩萨的化身。遂建石塔将肉身供奉其中，并尊称为"金地藏"菩萨，而九华山遂成为地藏菩萨道场，千百年来，寺中香火鼎盛不衰。

无论你在哪个季节，或是从哪里行来，九华山的梵音佛法皆无处不在。你匆忙而来，或是散淡而来，吹彻在山庙的风都会拂去你身上的尘埃，让澄净的心随着空灵的禅意流淌。

极目远望，隐藏于山林的殿宇楼台，好似若聚若散的人生。整座九华山依照徽派建筑风格，黛瓦马头墙、天井木雕，将民间风情与庙宇人文巧妙地融汇在一起，显得别有韵致。任凭你带着怎样的心情走进，这里随处可寻得水墨浸润过的痕迹，亦可以闻到时光漫溢的芬芳。这不是梦境，在明净如水的佛国里，你会感受到自己消瘦的灵魂逐渐丰盈，会看到繁芜的人间风景慢慢地纯然澄澈。

你在追溯九华山的缘起，也是在追溯人生的缘起，当过往的光阴沿着流水的脉络漂浮而来，你所看到的是一种残缺还是一种圆满？用不同的人生与心境来参悟佛法，所悟到的真理亦有所不同。

你身处这样宁静祥和的佛国胜境，可知这儿也曾弥漫过硝烟战火，也曾遭遇过门庭冷清，只是无论辗转多少浮沉起落，流经多少离合悲欢，最终都可以花团锦簇，星朗月明。而端坐在莲台的佛祖，纵算历经岁月的变迁，积满时光的尘埃，也能平和地闲对春花冷落，惯看秋月消残。

（二）宝殿真身

以水的方式流淌在九华山，无须匆匆追逐，只要缓缓信步，就会有一段风光为你等候。神光岭独自洁净在山林雾霭中，这方净土被后人修建了地藏塔殿，安置着金地藏的肉身仙骨。从此肉身宝殿如同一盏智慧的佛灯，在九华圣地璀璨摇曳，昼夜长明。

过台阶，临塔殿，看巍峨殿宇，观宝相庄严。门额上悬挂"东南第一山"的横匾，又是一番天然风景。大殿的回廊上方雕刻着各种珍禽异兽，奇花秀草，它们被如流的时光洗濯，却依旧栩栩如生，明艳夺目。这些镶金镂彩的民间艺术，收存了宝殿的千年历史，描绘着九华的人文景观，到如今，沧桑阅尽，又装饰得了谁人的梦？

汉白玉铺砌的塔殿，层层叠叠的佛龛，如同缘深缘浅的宿命，看透世间秋月春风的轮回。塔内供奉着金地藏肉身，那不腐的真身镀上金光，他甘心被命运囚禁在千年的时光中，只为抵达慈航法界里的福慧圆满。从此，禅坐于莲台，以佛的悲悯度尽众生。

是九华山的风水宝地，让历代高僧将人生过尽，是佛法的浩瀚精深，让他们将禅理悟透，得道于九华，才有了如此不腐的真身，得以封存在塔殿。他将佛界的真理与精髓都浓缩至肉身，用慈悲滋养九华山水的颜色，用禅定净化来往过客的灵魂。

走出殿宇，与来者相逢，而后擦肩，这行色匆匆的路人，谁

会记得与谁有过这样一段佛前的邂逅？纵算多年以后，再度重逢
于此地，依旧不会知晓彼此的存在。也许不曾相识要比相识又相
忘更温暖，你曾经这么企盼相识，有一天同样会期待相忘。佛家
视这为轮回，倘若你悟懂了这份缘法，或许会用另一种方式来看
待人生的离合聚散。

带着半醒半梦的禅意离开，那风中飘摇的经幡，已分不清谁
是过客，谁又是归人。此刻的摇曳，是在挥别，还是在召唤？

（三）地藏法会

有佛经记载，每年农历七月三十日为地藏菩萨圣诞日，传说
也为金地藏成道日，这日，九华山在肉身殿举行隆重的盛典。许
多的香客会从天南地北匆匆赶赴而来，沉重的行囊里装载着虔诚
与祈愿，背负着香火与经卷，只为朝圣这场庄严的地藏法会。

这一日的九华山，展现在眼前的是一种盛况空前的繁华景
象。人如潮涌，他们丢弃世外的烟尘，在九华的云间漫步，于万
佛的脚下祈求超度亡灵，消除灾障。平整的路径上，并不会因为
来的人多了、日子过得久了而沧桑老去，淡尽颜色。

　　多少过客行走在九华街，感受着这被称为"莲花佛国"的圣境，在恍惚的时间里，误以为自己就是云游归来的僧者，沉浸在其间，无法再离开。从此这香雾萦绕的光阴，是挂在佛前的风景，连同万千的过客，也成了风景中不可缺失的美丽。

　　那建在悬崖上的殿堂，就是闻名九华山的"百岁宫"，细碎的阳光抖落在匾额那赤金的大字上，却不能惊醒殿内沉睡的灵魂。在这个没有尘土的净地，惆怅会得以释然，罪恶能转变为善良。也许你曾叱咤风云，也曾桀骜不羁，如今你来到这里，无论是以何种身份，在佛祖清澈如水的慧眼中，众生皆平等。

　　是的，所有来九华山赶赴这场盛大法会的人，都被称为香客。他们甘愿丢下平日的骄傲与尊荣，在佛前接受香火的浸洗，等候梵音的净化。这许多的人，各有各的缘法，他们这般跋山涉水、不远千里地行来，是因为看不清世间苦乐模糊的生活，还是厌倦了红尘浓郁的烟火，只想在莲花盛开的地方，用灵魂作注，换取平和淡定的心境？

　　生命有限，或许至今都没有人真正明白，佛祖究竟是用什么力量可以这样深刻地摄住香客的魂魄，让他们一往情深地前来。又如何让他们这样不舍得离开，只想在九华山找一个可以栖息的角落，于菩提的光阴里安宁从容地度尽一生。

（四）天台主峰

山间的景致总是离不开烟云万状，在烟云中看峰峦叠嶂、感天地玄冥，会觉得，风景如同人生，有着各自的因果。有多少山峦层林，就会有多少溪流飞瀑，那峰林深处隐藏着许多庙宇古刹，被云烟浸染，更似蓬莱仙境，不落尘埃。

九华山的山峰就如同一幅浓淡有致的水墨画，而天台峰是诸多山峰的一抹重彩，凝集了九华山胜景，于是千古游人在天台峰有着一场又一场的风云聚会。从九华街上天台，一路将风景寻觅，又被风景追赶。抵达天台正顶，远眺群山起落，俯揽长江如练。当渺小的自我伫立在浩瀚无垠的天地间，你不知道是生命造就了万物的神奇，还是万物酝酿了生命的神奇。

清冽的山风拂醒迷迭的思想，阵阵松涛带来古木的沉香。在这个追逐风云又崇尚自然的年代，在这个顺应潮流又返璞归真的年代，更多的灵魂需要从浮躁走向沉宁，更多的生命需要从璀璨走向平实。都说高处不胜寒，可只有登临高处，才可以看清山重水复，明了风云万象。

当翻腾的云烟弥漫过来时，你依然可以清晰地看到一块巨石上刻着"非人间"三个字。在这个只闻钟声、只有烟云的峰峦，人间似乎越来越遥远。来过的人都让自己在短暂的时光里彻底地沉醉于梦境。梦里你是灵山仙客，再不食那人间烟火；梦里你端坐莲台，看尽过客寂寞往来。

梦里几度莲落莲开，醒来韶光已然不在。当烟云散淡时，你看着自己站在梦与醒的交界处，那被撩拨的心境，如同在平静的湖面上划过一池激滟的清波。

人的一生总是在追寻至美的风景，殊不知至美的风景往往会与你不期而遇。你给了天台一小段光阴，天台给了你一大段岁月。

谁说流光容易把人抛，趁时光打盹的时候，你可以将它抛掷，踏上梦想之梯，飘游在精神的圣境。有些离别无须回眸，就像一些往事不必追忆。九华山就是如此，它给你有情的过往，又给你平淡的将来，而此刻的生命彻底属于你自己。倘若还会有遗忘，就借一支九华山的不解妙笔，以山为纸，以水为墨，写尽千秋瑰丽，万古风华。

岁 月 静 好　　现 世 安 稳

　　超越文字必定要超越风景，还要超越人生。就如同禅理，你悟透了菩提，还要悟透明镜。你携带沉重的夙愿行来，就可以释然地离去。此后，任凭光阴如水，江湖老去，九华山的风物依旧如昨。那洁净的莲花，在人生往来的风景里，静静流香。

　　总是有一处明净的风景，需要你匆匆赶赴；总是有一段似水的韶光，不能将之淡然辜负。就这样一路逶迤行走，行走在世间明媚的风光里，于历史纵深的长廊中，捡拾烟云散落的片段。走过水复又山重，看尽烟雨又落红，那峻峭的峰峦，清凉的五台就是你此时要觅寻的影踪。在这万法天然的禅境中，灵魂的烟火明灭无穷，任由你携带怎样肆意磅礴的思绪而来，只要踏进这方叫五台的圣地，风云万端也会变得平静从容。

　　只是一枚叶子落地的瞬间，红尘已在身后，让你以为原来佛槛并不是那么高，一寸步履，一个回眸，你已置身在佛境。穿行在五台山，空气中漫溢的山水清凉，还有从不同寺庙萦绕而来的淡淡檀香，会让你陶然熏醉。

　　纵然你知道，这样执着地走进清凉圣地，也许会陷入万状云烟的旋涡不能自拔。可是你依然甘愿舍弃红尘烟火的暖意，在迷离的禅境里追寻更辽阔的清醒。清凉的光阴会慢慢浸润千丝万缕的浮躁，让那些迷失在世间沼泽里的众生，走向平和通达的人生途径。

　　顺着历史幽深的巷陌浩然寻去，那条通往汉唐的路径铺满了菩提。站在五台山，看得到大汉的万顷苍池，看得到唐朝的辉煌鼎盛，看得到那么多不可一世的帝王手捧经卷在佛前诚心祈愿，佛佑江山，万世永继。那泛黄的经卷可以磨砺帝王的霸气，亦可以剔除世人懦弱的悲观之心，让你在薄薄的书本里，看到人生宽广的疆界。

　　尤其是唐朝，这是个盛行佛教，推崇佛教的朝代。因起兵太原而有天下，固李唐王朝视五台山为"祖宗植德之所"。几代帝王在五台山兴建寺庙，僧侣辈出，你可以想象那万佛端坐在莲台的气象，梵音在缥缈的云烟间回绕，而万千香客从五湖四海赶来登山朝觐。这是佛陀与众生之间的相逢，是千秋一遇的讲经说法，风云际会。

　　站在岁月寥廓的岸边，回望五台山，当年煌煌的盛唐在历史苍烟中消散。于帝王杯中看消瘦的江山，一种醒世的苍凉滑落你的心间。尽管如今的五台山没有大唐的繁盛，可依旧山寺林立，僧侣如云。在这山清水凉的风景中，禅思的烛火一直在摇曳，佛前的经贝一直在吟唱，烛火并不会因为朝代的更替而无声熄灭，经贝亦不会因为岁月的流逝而骤然消散。

　　只要你带着心来就可以看到，那么多的庙宇在老去的竹风里骨肉丰盈，那么多的香火在清凉的光阴里粲然熠熠。生命原本就是此消彼长，当你抬眉远眺，群山之间那轮冉冉升起的红日已然再现盛世辉煌，王者风流。

　　五台山是文殊师利菩萨的道场，山间的庙宇都供奉着文殊菩萨的佛像。他身呈紫金色，形如童子，五髻冠其顶，左手拈花，右手执剑，以智性的禅思、慈悲的佛义度化世人。每一个乘风而来的香客，在湛蓝的晴光下走进一座座洁净的庙宇，轻烟起荡的香火，浩然杳渺的梵音，会让你灵光乍现，或许多年来不能参悟的道理，只在刹那间幡然醒透。而迎面相看的文殊菩萨，会为你打开人生那道尘封的心门，让你知道，生活除了酒肉穿肠，还有明月清风。

　　有时候，纵有千言万语，也抵不过佛祖的拈花一笑。那意态万千的佛像，又何尝不是另一种百相人生？在风烟万里的五台圣地，世人眼中的营营功利，于佛祖不过是云中富贵、纸上功名。他可以让生命如花，也可以视万物归尘。时光流去不语，来往的人只需在此停留片刻，参透一点佛法，了悟几缕禅心，而后继续行走天涯。

五台山的奇峰灵崖随处皆是，有意无意间总能与这些峰峦邂逅，自然的奇丽会将你的思想漂洗得风姿万种。仿佛每次峰回路转后，就是柳暗花明，那明净的自然风光，厚重的历史底蕴，深刻的佛学禅理，又将你的心境滋养得通透温润。更有五峰如五根擎天巨柱拔地而起，巍峨耸立，峰顶平坦如台，五台之名也因此由来。

置身五顶胜境，看烟光凝翠，明霞似锦，看雾霭浮云，峰峦坠月，让你临高处而不知寒凉，处幻境而不觉虚渺。因为每一片打身边经过的云彩，每一缕拂过衣襟的清风，都在告诉你，你在五台，你在大佛的脚下，你曾经错过的故事都被寄存在流淌的光阴里。你来到五台，站在顶峰，从云聚到云散，从花开到花合，直至烟霞染醉了黄昏，明月照亮了夜空，迷离的梦依然醒着。

繁密的山林总是适合隐藏幽静的庙宇古刹，你徜徉在其间，恍惚的意境让你分不清是云雾还是烟火。穿过枫林，迈过云梯，一座座殿宇楼台坐落在白云深处，让你看完此处的气象万千，又看彼处的风物超然。历经几千年的五台山，寓藏的古刹也极为深厚显赫。那百座寺庙悠然散淡地镶嵌在五台山，使五台风景充盈着禅意的芬芳，每一座寺庙被无数高僧的故事丰润着，他们用世情超越个人境遇，借佛法普度天下苍生。

走进不同的庙宇，无论是灵性摇曳的青灯，还是韵味深长的经卷，它们都含蓄又洁净地存在，菩提可以丈量人生百态，明镜可以照见世间疾苦。佛法本是一种超凡意境，倘若你悟懂了其间的精深绝妙，在人生如流的风景里，他可以让已经老去的再度年轻，让不能回头的重新再来。

生命的旅途有太多际遇与惊喜，多年来，你从一个地方抵达另一个地方，看尽落花流水，过尽离合悲欢，不问得失，不问因果。也曾留下旖旎的相逢，也曾留下刻骨的痕迹，也曾留下无言的叹息，纵有滂沱不止的记忆，终究只是云水过往。

如今，这万佛悠然的五台山，这清凉如水的圣地，又是一处人生驿站，也将是你灵魂的居所。纵然你一生行色匆匆，不能留步，因为有了这一次虔诚的相逢，从此你便不是水上浮萍，云中

岁 月 静 好　　现 世 安 稳

孤雁，再也不必担心会老死他乡，天涯穷途，风尘无主。佛祖会告诉你，这不是一个人的五台，这是众生的五台；这不是一个人的归宿，是众生的归宿。

　　是谁，让相逢有着空灵的明净，让离别有着禅意的清醒？又是谁，让得到有着娴雅的淡定，让失去有着智性的平和？五台山，会给你灵魂栖息地，却不会将你生命囚禁，你以过客的方式走来，同样会以过客的方式离去。没有多情的纠缠，无须温暖的感动，只是一段禅佛的光阴，在人生花开的陌上，清凉如水。

岁　月　静　好　　现　世　安　稳

撑一支长篙，独上兰舟，摆渡到遥远的雪域高原，去寻找圣洁的湖泊。一面澄澈的湖水是镜子，照见世间纷纭的万象，照彻内心真实的自己。那封存在画卷里的云间部落，是否依旧是人间最后一方净土？那位远嫁他乡的大唐公主，转过云水千年，你还好吗？那位来到圣湖取水的老尼，回转的眼眸究竟隐含了怎样的禅机？那一束浸润在湖水里招摇的水草，每一天与过客说别离，是否问过他们真的想要离开吗？如果相逢总在山水外，莫如在人生的渡口安然等待。看一面湖水，如何将你我的缘分重新安排。

第四卷

岁 月 静 好　　　　现 世 安 稳

一面湖水

西湖四韵

是谁撑一把油纸伞，穿过多情的雨季，寻觅江南繁华的旧梦？

是谁品一盏清茶，倚栏静静地远眺，等待那朵寂寞的莲开？

是谁乘一叶小舟，在明月如水的霜天，打捞匆匆流逝的华年？

又是谁折一枝寒梅，书写俊逸风流的诗章？

西湖，明净如玉的西湖，那柳岸花堤上，是否徜徉着古人黯然的背影？那池亭水榭间，是否收藏了昨日遗失的风景？

时光若水，无言即大美

日子如莲，平凡即至雅

品茶亦是修禅

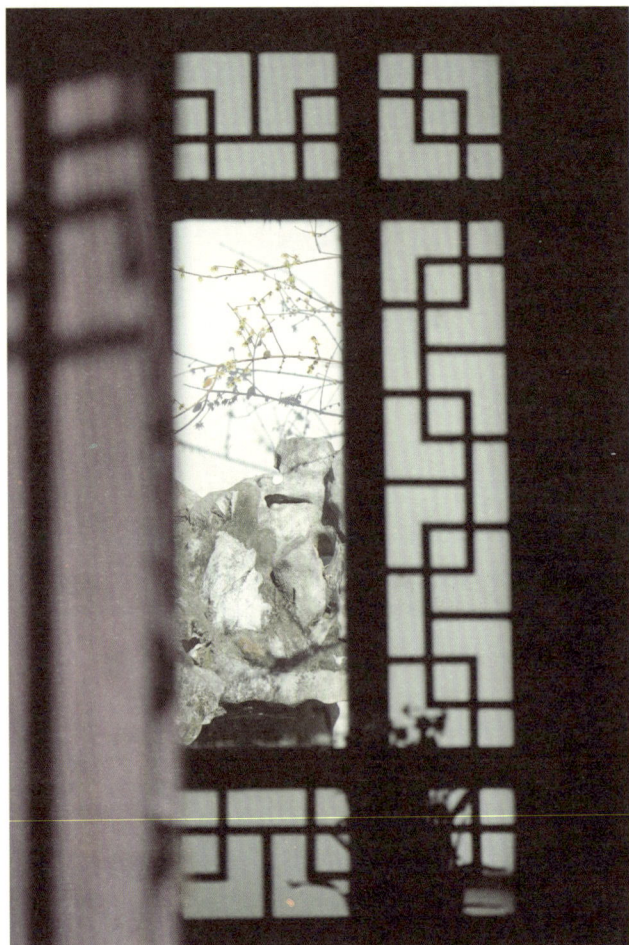

那个精致风雅的年代也渐行渐远

一盏香茗

几卷诗书

小窗幽梦的日子

不知道去了哪里

那年梅花
已不知遗落在谁的墙院下
老了青砖
湿了黛瓦

世间安得双全法，不负如来不负卿

佛是深情的

他以身试劫

才有了水天佛国的莲花净土

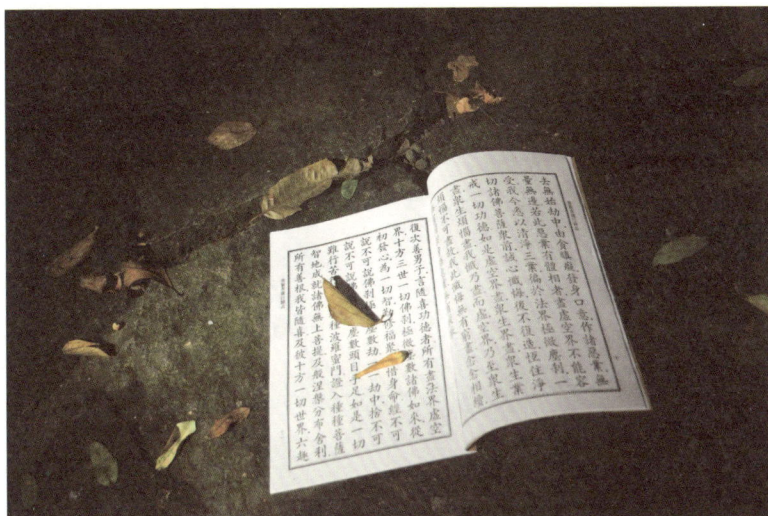

过程是什么
过程是饮尽千江之水，赏遍万古明月
看一卷泛潮的书
重复几段老旧的故事
演绎几场注定的离合
素履之往，行走人间
看白鸟惊枝，落花满身
唯灵山是归途

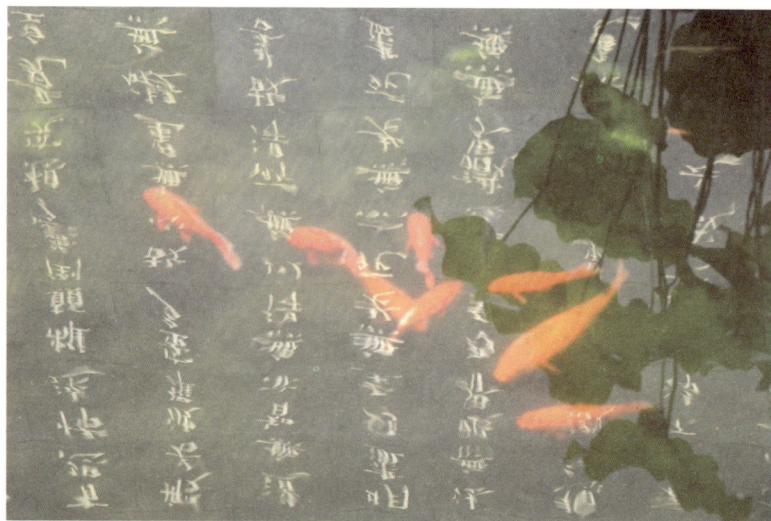

随缘自在

禅心止水

窗外挂着菩提月，水中静植妙心莲

（一）苏堤春雨

> 水光潋滟晴方好，山色空蒙雨亦奇。
>
> 欲把西湖比西子，淡妆浓抹总相宜。
>
> ——宋·苏东坡《饮湖上初晴后雨》

烟雨漂洗的西湖，宛如一幅清新淡雅的水墨画，温润的色调、幽淡的芳香，古往今来，萦绕过多少路人追梦的心怀？

岸边聚集着喧闹的人流，湖心却是画影清波。空蒙的烟雨倾泻在低垂的柳条上，摇曳的波光撩开一湖动人的涟漪。当目光迷离的时候，梦境也徜徉起来。远处的断桥横落在湖与岸之间，流转的回风仿佛穿越千年的时光，那个被悠悠岁月洗濯了千年的传说，清晰而玲珑地舒展在西湖的秀水明山中。桥其实并没有断，断的只是白娘子与许仙一世的情缘。那一柄多情的油纸伞，是否可以挽留他们匆匆流逝的旧梦？

千年的情结早已注定，留存的却是永恒的传说。那些撑着雨伞、站在桥上看风景的人，又将落入谁的梦中？

云烟浸染西湖杨柳的清丽，朝霞催开苏堤桃花的艳影。过往的路人，穿行在石板路上，他们抖落一身的烟尘，将恍惚的时光寄存在短暂的雨季。

那一袭青衫、儒雅俊逸的身影是苏子吗？还忆当年，他与朝云泛舟西湖、清樽对月、新词娇韵、不尽缠绵。奈何岁月飘零，佳人已逝，空余他漂萍行踪，伤情缚梦。

千古绕愁之事，唯独情字。旷达豪迈的苏东坡，纵然才高可笑王侯，倘若不遇朝云，更无知音，又怎会有那般俊采风流？"伤心一念偿前债，弹指三生断后缘。"他怀念的还是旧时的明月，那弯如钩的新月，一半是离，一半是合。多情的始终是那望月的人。

行走在悠长的苏堤，是谁，一路捡拾着明明灭灭的光阴？可是，又能寻找到些什么？纵然沉落西湖，又能打捞到些什么？

（二）西泠夏荷

妾乘油壁车，郎骑青骢马。

何处结同心，西陵松柏下。

——南朝·无名氏《苏小小歌》

　　梦若清莲，在西湖的波心徐徐地舒展。岸边有悠然漫步的人，亭中有静坐品茗的人。他们借着西湖清凉的景致，消磨着闲逸的时光。那悠悠碧波，映照着城市高楼的背景，杭州这座被风雨浸润了千年的古城，生长着无尽的诗意与闲情。

　　清澈的阳光柔柔地倾泻在湖面，轻漾的水纹，撩拨着谁的心事？一叶小舟停泊在藕花深处，静看月圆花开，世海浮沉。此时，搁浅的，是它的岁月；寂寞的，又是谁的人生？

　　那晶莹的露珠，是苏小小多情的泪吗？"妾乘油壁车，郎骑青骢马。何处结同心，西陵松柏下。"遥想当年柔情似水的一幕，苏小小与阮郁那一见倾心的爱情，西湖仿佛又添了一抹温馨的色彩。

　　繁华如梦，流光易散。多少回灯花挑尽不成眠，多少次高楼望断人不见。她最终还是尝尽相思，错过了花好月圆的芬芳。

　　"生于西泠，死于西泠，埋骨于西泠，庶不负我苏小小山水之癖。"西湖的山水，滋养了苏小小的灵性。这个女子，书写过多情的诗句，采折过离别的柳条，流淌过相思的泪滴。在庭院深深的江南，月光为她铺就温床，那无处可寄的魂魄，完完全全地融进西湖的青山碧水，也许只有这样，才可以抚慰她入世的情怀，不负她一生的依恋。

（三）碧湖秋月

> 江南忆，最忆是杭州。
> 山寺月中寻桂子，郡亭枕上看潮头。
> 何日更重游？
>
> ——唐·白居易《忆江南》

凉风惊醒明月，红叶染透青山。缥缈空远的钟声在山寺悠悠回荡，桂花香影飘落在青苔石径。黄昏掩映的山水画廊，给西湖留下了一轴无言的背景。

那些在夕阳西下临风赏景的老者，身旁别一壶桂花佳酿，悠闲淡定，他们追寻的是一种空山空水的意境。那些在月夜霜天泛舟湖上的游人，手中捧一盏西湖龙井，优雅自在，他们品尝的是一杯意味深长的人生。

湖中映照着城市炫目的街灯，那一片流彩的天空，装点的是今人的思想。西湖上明月遥挂，波光隐隐，流淌在故事中的人物依旧清晰。

　　"欲将此意凭回棹，报与西湖风月知。"那一袭清瘦的身影，是落魄江湖的白居易吗？他几时看淡了名利，寄意于山川水色之间，留情在烟波画影之中，做了个寻风钓月、纵迹白云的雅客？也许，只有西湖的山水才能解读他半世的风霜。

　　清凉的季节，语言失去了色彩。寂寥的岁月，山水遗忘了诺言。西湖的秋月，则选择了沉默。

（四）梅园冬雪

众芳摇落独暄妍，占尽风情向小园。

疏影横斜水清浅，暗香浮动月黄昏。

——宋·林逋《山园小梅》

　　轻盈的雪花洒落在如镜的湖心，那冰肌玉骨，瞬间在水中消融，消融为西子湖清透的寒水，点染着诗人灵动的思绪，成就了"疏影横斜水清浅，暗香浮动月黄昏"的花魂诗境。

　　湖边晶莹的白雪，璀璨如星珠点缀苍穹的倒影。在水天晴光的交汇里，那一瓣瓣临雪悄绽的素蕊，用清香弹奏一曲千古词韵。

　　风也有影，它走过西湖的春秋，在寂寞的黄昏里，带上彩霞的叮咛。薄冷的梅花，枕着月光的孤独。那曲醉人千回的笛吟，拂开冬夜的静寂，流溢着疏梅的暗香。放鹤亭中，还有一位清瘦的诗人，在梅妻鹤子的闲逸里，静守这段心灵的宁静。就如同月色守候西湖，千百年来，沉静若水，却流转着不变的碧波清音。

　　那雪堤柳岸之畔，是谁枕着诗风词韵，舒展今时的灵感，在古意盎然的西湖寻寻觅觅，又在繁华的都市里走走停停？

　　书文尽而心未绝，冰弦断而遗有音。昨天，已随彩霞点画的湖波，沉睡为一朵披着月光轻舞的莲。今日碧波泛漪的西湖，如长笛边一曲被沉淀了千年的旧韵。许多古老的记忆已经无法拾起，垂柳下那一叶漂浮的小舟，划过了明净淡泊的人生。

　　远去的还会走近，等待的不再漫长。徜徉在西湖四季婉转的梦里，梦里，还有那抹不去、老不尽的江南。

烟雨太湖

（一）

赶赴太湖的烟雨，就像赶赴一场前世未了却的约定。这约定过尽千帆，让我在苍茫的世间涉足了三生，才抵达那个收藏云烟的角落。生命的静止，只有在雨落的时候才会呈现出岑寂的底色。

人说，山水总是长在心脏的位置，淌过时间的河流，就能寻觅到那个有梦的地方。我从隔世的遥远时空里，踩着命运深浅不一的纹络，却走不出一段成熟的岁月。

所有的路都被烟雾层层封锁，穿过去了，便会荒芜红尘的归路。而我是应该继续行走，还是应该驻足遥望？也许丢落一些沉浮的细节，在红叶染尽青山的时候，我能缓步归来。

其实，世间所有的路都相似，此岸与彼岸也只是隔了一缕不算太长的雨线。而我可以将苍凉写成美丽，将寂寞舞成春秋。

（二）

空气中氤氲着湿润的气息，乳白色的轻烟在云端变幻，清透的雨丝镶嵌在青山碧水之间。偶有伶仃的飞鸟掠过翠绿的枝头，在迷茫的烟雨中，寻找着属于自己的方向。而我没有停留，一直向前。

雨中漫步，滋长着妙不可言的闲情。流水过处，潺潺着无边无际的忧伤。山间的叶子无声地飘零，草圃的石榴兀自地红着，湖中的清莲寂寞地睡着。也许，只有这个时候，我才能搁歇脚步，让心灵娉婷。

端坐在石头上看睡莲，白色、紫色、红色、黄色，披着自然的彩衣，舒展着细致的朵儿，诉说着梦的呓语。荷花舞动着另一种清雅的风情，白色花朵静落在万千的莲叶间，以雪花的姿态，做悠长的怀想。亦有粉红的肌肤、黄色的花蕊、绿色的骨头，在湖泊中投着潋滟的清波。雨露落在莲朵上，澄澈的水珠在荷盘上流溢晶莹的色调，像是江南女子多情的泪珠，剔透中渗着入骨的清凉。

关于睡莲与荷花，仿佛纠缠了我一生太多的情结。我的灵魂寄存在她的开合间，每个黄昏，丰盈的心事就会渐渐地消瘦。想来，莲荷终要褪尽，人生终要落幕。世事的忧伤就在于此，太轻难免虚浮，太沉难免负重。待到老去，所有的一切都遁迹。

沉默的季节，语言失去了色彩；寂寞的岁月，山水遗忘了诺言。

（三）

烟雾迷茫，浩渺的太湖看不到尽头，青山无言地隐去。凉风吹过，湖中漫起了一圈一圈的螺纹，雨落在湖面上溅起浅浅的水花。绿色的水藻漫在岸边，静穆的绿、沉淀的绿、流动的绿，空气中弥漫着绿色的芬芳。

　　湖中央有一座仙岛，渡船过桥，便是太虚幻境。觅一艘木舟上岛，撑船的老者披蓑戴笠，脸上的皱纹如同犁开湖水的浪花。坐在船上，便觉身轻，低头望水，尘间沾染的浮躁归于沉静。

　　迷雾之中有七桅古船，从旁边驶过，朝着远方，渐渐地只剩微蒙的背影，让你久久地怅然。一路风雨兼程，不知何时才能抵达停泊的港湾。

　　此岸越远，彼岸越近。岛上的楼阁与古塔愈渐清晰，烟云笼罩，恍如蓬莱仙境。下船上岸，不再回望来时的方向。岸旁停靠几只捕鱼的小船，船上的渔民卖给游客一些捕捞的湖鲜。一蓑风雨，见证着他们无怨无悔的人生。凭着这感触，眼眸有湿润的潮汐在涌动。

　　古典的桥梁横在湖与岸之间，长廊里流转着淡淡的回风。眺望远方，只有一种颜色，叫苍茫。穿过此桥，也许可以寻得一生的去处！

　　（四）

　　湖畔有几位在烟雨中垂钓的老者，腰间别一壶老酒或浓茶，真是别样闲情。人之将老，恩怨情仇皆消，也许只有晨事渔樵、暮弄炊烟的古老意境更能够修身养性。

柳条在风中轻舞，纤柔的身姿曼妙着翠绿的年华。飞鸟在雨中的楼阁上静默着，木质的水车不知疲倦地吱呀转动，重复着远古的歌谣。

山中松针铺地，翠竹丛生，许多不知名的野花散落在潮湿的地上，踩上去，心也变得柔软。斑斓的叶、诱人的果、清脆的鸟鸣、啾啾的蝉语，聚集着漫天的烟雨，在天地间举行一场五彩的欢宴，令寂寞也生花。

驻足在绿苔滋生的石径，看变幻的云彩流散，看湖中的波光粼粼，看如丝的细雨飘洒。远处的山峰没入云霄，近处的山峦凝翠滴绿，还有那烟波浩渺的湖泊、悬崖石壁上的松柏、山谷幽壑的清溪、清风云岭的道观。置身在这样如梦般的雾霭迷岚之中，怎能不惊叹造物者之神奇！该要何等的气韵，才能造就这万物的精灵纯粹？

人在自然间行走，就会像倦鸟一样，想寻找属于自己的巢穴。只是，空山空水，非岸非渡，离开了自然，哪里去寻找纯净的真实与永恒？

　　（五）

　　缥缈空远的钟声敲醒梦中人，道观坐落在仙岛之顶，云雾深处。我顺着天阶行走，才可抵达太虚幻境。山涧流泻着飞泉瀑布，落花在回溪里轻灵流转。拾一枚石子投入水中，看波光久久地荡漾，直到了无痕迹。

　　一入道观，轻烟缭绕，有香客正点香往不同的方向朝拜。门前几株老树，因岁月的侵蚀落下满目疮痍的旧痕。这给道观增添了几许苍凉凝重的色调。

　　踏入木质门槛，几位年轻的道士手执拂尘，坐在里面为人占卜算卦。平日里我只知道文字的寂寞，又何曾读出了人生的寂寞！他们的年华被封存在高墙深院中，寂寞了人生，也寂寞了经文。

　　墙壁上雕刻着道家的人物图案，一身的仙风道骨，荡涤着世俗的尘埃。登楼远眺，烟雨之中，天地苍茫，群山静默。曾经蚀骨的伤痛与忘形的快乐都已忘记，不知这是一种迷失还是一种新生。

短暂的邂逅可能是瞬间，也可能是一生。

（六）

归去的路是来时的路，亦非来时的路，依稀记不得了。

雨露穿成珠帘从枝丫滴落，像一粒粒澄澈的心，像会说话的精灵。暮色低垂，湖中波光散尽，飞鸟隐去，渔人归家，只有垂钓的老翁还在闲对山水，饮酒自乐。

岸边有随意横放的木舟，撑船的老者抽着竹烟杆等待稀疏的人流。也有整齐停泊的大船，欲载归岸的游客。虽无来时闲逸的心情，却依然乘木舟过湖。虽无斜阳相伴，却棹得烟雨归来。

无法结庐而居，不得皈依山水禅境。沿着潮湿的湖畔，采一枝荷花，在烟锁的山径，不知归路，不知归期。

我只是太湖中无数行者中的一个，无须谁记得我是否来过，又是否走了。只是，太湖的烟雨让我忆起了前世丢失的梦，而今

岁 月 静 好　　现 世 安 稳

生却还在梦里穿行。

　　就让我采集荷盘清露，酿一盏莲花佳酿，封存在岁月深处。在山水之间举起脆弱的生命之杯，哪怕年华老去，哪怕美丽荒芜，也要畅饮人生！

哈纳斯
四季之湖

假如给你一段空白的时光，你是否会选择与哈纳斯同行，用哈纳斯的湖水将空白逐渐地填满？走进哈纳斯，是找寻一个古老部落的圣洁天地，是翻开一幅封存千年的神奇画卷，也是打开人生一道明澈的心门。

流转在哈纳斯四季多姿的风情里，沉静在四季圣洁的湖水中。你不能不相信，生命会因为一面湖水而新奇，人生会因为一片净土而澄澈，心灵会因为一段文明而感动。

春·澄澈之湖

聆听一段清脆潺潺的水声，就这样走进哈纳斯的春天。冰川

岁 月 静 好 　 　 现 世 安 稳

下苏醒的万物跳跃灵动的音符，奏响哈纳斯春天的乐章，也撩开这片土地神秘的面纱。在这里，白云是你灵魂的家；在这里，湖水是永远的童话；在这里，不会有老去的年华。

岁月在哈纳斯湖留下一片自然的宁静，之后，再也没有尘埃可以降临。哈纳斯的春天，有一种被绿水过滤的清新，你来此，可以找寻到人生最明媚的一剪光阴。

这是一个放逐绿色的季节，牛羊悠闲地吃着绿草，牧民醉饮春意云霞，湖水如碧玉嵌在山峦之间，翠林深处隐约传来鸟儿轻灵的歌唱。莺飞草长的春日，让追寻留住了美丽，相逢充满了愉悦，故事流淌着温情。

徜徉在一片姿态万千的花海里，哈纳斯用它神奇的风韵传递着和谐的默契。你在明净如洗的微风中闻到熟悉的气息，仿佛多年前与这里的草木、湖水有过清澈的相遇，又分明是那么遥远。无论你带来了多少世俗的情绪，无论这里隐藏了多少清幽的秘密，就在此刻，你已彻底地融入哈纳斯洁净的风景里。就在此刻，你与图瓦人共处一片广阔的蓝天，共有一面澄明的湖水，共存一个恬然的梦想。

这里的春光明如剪，岁月来去无声，世代生活在这片土地上的人们，早已与自然共生息。世事在湖水中流淌，不留丝毫的痕迹。你伫立在哈纳斯透明如镜的水畔，清晰的倒影里，仿佛不曾有过昨天，而未来也一定如同今日这般纯净。这里的时光告诉你，只要还有一枚绿叶，还有一滴湖水，还有一缕白云，哈纳斯就永远是美妙的、圣洁的。

春风沉醉的日子里，不期然与许多转场的牧民邂逅，他们赶着羊群，走向高山的牧场，修筑毡房，建立新的家园。这个过程如同冷暖的交替、民俗的流传、故事的延续。而与春天有着一季之隔的夏季，好似就在明天。

澄澈的湖水，照见他们扬鞭行走的背影，也照见他们平和朴素的人生。这一刻，你会明白，山有山的明净，水有水的无尘，你有你的从容，他有他的淡定。

夏·清凉之湖

都说哈纳斯的湖在夏天美得跟梦似的，只有当你走近，穿过光阴清凉的薄雾，才知道这里的梦原来都披上了自然的彩衣。或许，哈纳斯的湖水真的可以筑梦。无论你是过客，还是归人，都

岁月静好　　现世安稳

可以酝酿一段属于自己的梦，再将梦寄存于此。待到来年，再来
开启，或者借着哈纳斯的山水情境，封存一生。

夏天的哈纳斯湖，总是充盈着朦胧的雾气，迷幻的雾，让人
恍若游弋在瑶池仙境。来到这里的人，都想越过迷蒙的雾境，探
寻遗落在湖山深处的秘密，追溯古老部落久远的文化。这里留下
了上古文明的图腾，凝聚过历史的风云，也承载了人生的故事。
当年那位弯弓射大雕的成吉思汗挥师西征，策马扬鞭，踏响山
河，这片被猎猎旌旗拂过的大地，如今是这般遗世无尘。据说在
哈纳斯的湖山里，还能觅寻到成吉思汗留下的足迹。一段千秋往
事，就这样将哈纳斯纯净的湖水填满。

就像迷雾中的风景，可以看到流云万象，到最后又回归最
初的澄明。采一片芬芳的花瓣，熏染红尘的美丽；掬一捧清凉的
湖水，洗净人世的风霜。心灵在夏季翠绿的风光里生动，生命在
清新的自然间宁静。这一面洁净的湖水，可以让你真实地拥有现
在，也可以彻底地找回从前，更可以清晰地看见明天。

一座座木屋毡房，在蓝天下铺展，每一处都可以寄放沉重的
行囊，都是灵魂的故乡。无论这里的牧民经历了多少次迁徙的命
运，接受了多少次聚散的轮回，哈纳斯都是他们一生的家园。他

们的足迹迈不过这片疆土，他们的情感流不出这里的山水，他们放牧着哈纳斯的白云，而哈纳斯的湖水守护着他们淳朴的梦。

月光落在湖中，倒映出清凉的影，像是季节许下的一段约定。炊烟升起的地方，是牧民们朴实的家。香喷喷的奶酒，热腾腾的茶，吃着奶疙瘩，纵然你来自天涯，也知道有一片净土是你人生的牵挂。没有大浪淘沙，没有无边风雅，一切都这般朴素无华。你来之前，哈纳斯湖是一个遥远的神话；你走之后，哈纳斯湖就是你灵魂永久的家。

秋·沉静之湖

湖水在秋光里沉静，这一块无瑕的天然美玉，被岁月打磨得无比温润，蕴含着饱满的灵性。你走进哈纳斯的秋湖，人生也在这一片金黄的波光中渐次丰盈，趋于成熟。

秋天的哈纳斯有如一幅绚丽多姿的画，白云是背景，湖水为底色，生命是情感。高山层林，云波泛木，牧民们牧着牛羊的身影，都定格在画中。挺拔的白桦、高耸的落叶松、苍劲的五针松，还有端正的云杉和秀丽的冷杉，铺展成磅礴的画境。激情在水墨里奔涌，放逐的思绪，在湖水中获得平静。

岁 月 静 好　　现 世 安 稳

　　秋天的哈纳斯湖像是大自然布下的一局棋，茂盛的风景是落在水面上的棋子。行走在其间，看棋子错落而不纷乱、繁密而不喧嚣。纵然你是世间功利之客，可是面对这秋日高远的云天、湛蓝的湖水，便甘愿一生为之沦陷。因为，只有用一颗纯净的心灵，才能解开哈纳斯这盘神秘的棋局。

　　停住匆匆行走的步履，低头在一面苍茫的湖水中沉思。深秋的湖水成了乳白色，仿佛雪色的白云落入湖中。勤劳朴实的图瓦人，在丰硕的白湖中捕鱼，感受收获的喜悦。面对这份自然的和谐，你只想垂下生命之竿，钓这一湖的清白。是红尘的隐者，抛掷了滚滚物欲，取淡泊之心，钓一阕秋水长天的悠然意境。一湖深邃，一湖风骨，钓不出天子王侯，也钓不出人间富贵。只是闲逸地静坐在云端，不必等待时机，不必取舍有无，听悠悠天籁，应和自然宁静的心声。

　　你在秋湖中沉静思想，采撷红叶，吟咏一首意韵深长的诗篇。而图瓦人却守着这片富饶的土地，永远祥和地生活。是季节在哈纳斯的湖面上，变幻着不同的色彩。牧民们在这里投入圣洁的情感，让每一个转身都留下感动的回眸。

在冬日来临之前，哈纳斯的秋湖用写意的笔，深情地记载你此刻的拥有。于妙趣天成的人生风景里，静静地期待着与另一种风韵的湖泊、灵魂相通。

冬·冰洁之湖

或许，在你看到哈纳斯冬湖之前，酝酿过冰雪无边的幻想。当你真实地走近，清晰地看见冬湖的模样，震撼的心灵会告诉你，它拥有了人间怎样的玉洁冰清。这是岁月原始的湖泊，是人生至真的湖泊，也是图瓦人永恒的湖泊。

不要问，是一种初来，还是重见，也不要问，是一次放逐，还是回归。纵然是梦境，也要感恩这一段梦里的机缘；纵然是擦肩，也要珍惜这一刻短暂的相逢。

月华如洗的山峰，冰雪层封的湖泊，整个哈纳斯都被琼玉装裹，在空旷的天籁下，显得无比沉默。没有流水的韵致，不见山花的飘摇，眼前是漫天寒彻的冰雪、纯净无争的色调。厚厚的冰湖下，隐藏了一段关于湖怪的传说，连同古老的记忆和图瓦人的往事，都沉落在湖底。仿佛凿开这道冰层，就有取之不尽的生命源泉。时光只是将它们短暂地封存，待到春暖花开，万物灵动，

岁 月 静 好　　现 世 安 稳

你会发觉，幸福原来这样简单。

在白雪覆盖的世界里，还有一种温暖不会冰封，那就是图瓦人热忱的生命、浓浓的情意。他们扬起民族的神鞭，轻快的马蹄踏响天地的寂静，一壶奶酒，可以焐暖严寒的心灵。他们的祖先是驰骋疆土的英雄，后来迁徙到这片人间净土，做了雪域深山的隐者。他们将命运交付给哈纳斯洁净的天空，此后，平和是生活的姿态，从容是永恒的情怀。

雪落无声，哈纳斯湖一片晶莹澄净。为了这纯然之湖，为了这玉壶冰心，多少人披星戴月，在雨雪风霜中追寻。你沿着先者的脚印一路感动，又把感动留给后来的人。而朴实的图瓦人，看着客往客来，一如既往地平静，不会为谁而把哈纳斯的故事更改。

在凝固的湖水中，你看到自己心底的湖泊，轻盈地流淌。有那么一处源泉，是通往春天的方向。有那么一个家园，是存放幸福的地方。

走过哈纳斯四季之湖，与湖水共度四季情怀。人生也因为有过这样一次美丽真实的交融而充满迷幻离奇的色彩。当深信，只

要有一面湖水，哈纳斯这块人间净土就不会消失，图瓦人也会永
远守护自然的家园。那么，就选择从容地离开。多年以后，如果
再度前来，哈纳斯湖给你的，依旧是昨日洁净的风采。

湛蓝的 青海湖

　　是听到清风的呼唤，或是看到白云在招手，我就这样与青海湖邂逅。此刻，不只是震撼，更有一见倾心的熟悉。沉醉在一片湛蓝的深邃里，真切地感受自然的风韵、人生的大美。

　　青海湖位于青海省东北部的青海湖盆地内，由祁连山的大通山、日月山与青海南山之间的断层陷落形成。湖泊的集水面积约29,661平方公里，湖面海拔3196米，是我国最大的内陆咸水湖。

　　青海湖深沉而纯净，它甘愿舍弃繁华，默默地珍存在这样遥远的地方。远离尘嚣，不是为了隐藏自己的美丽，也不是惧怕世人的惊扰，只是安静地端坐在高原，以雪山为冰骨，借蓝天为云裳，留给大自然最原始而纯粹的家园。

当年文成公主远赴西藏，抵达日月山时，回首不见长安，西望四野苍凉。她思念家乡的泪，落在了倒淌河中，而这条河的末端，直抵青海湖。带着一段美丽的传说走进这里，心中多了一份柔情的感动，很想知道，这位远嫁他乡的大唐公主，转过云水千年，你还好吗？

踏着油菜花金黄的锦浪行走，漫天的芳香纷扬。是清风用灵动的笔墨，在青海湖美丽的山水间勾点泼染出一幅壮阔的画卷。欣喜地奔走其间，沐浴一场金灿灿的花瓣雨，又在碧波万顷的湖光中轻轻荡漾。那幽深的蓝，让人将一颗染了风尘的心沉落进去，又洁净无尘地打捞出来。

来到青海湖，追逐的不是诗情画意，而是一种朴实的民俗风情。淳朴的牧民，赶着成群的牛羊，飘动如云的身影，游走在茫茫草原。星罗棋布的帐篷，是牧民们遮风挡雨的家。看到雪山的时候，它早已将美好的梦悄悄冰藏。天空离人很近，仿佛随意伸手，就可以抓住那蓝色的绸缎。

这是心灵的故乡，穿过城市的长廊，越过迢遥山水，是为了寻找一面湖水的清净。就连斑头雁、鱼鸥、棕头鸥、鸬鹚等十多种候鸟，也成群结队地在鸟岛上辛勤筑巢。它们遵循自然规律，

岁 月 静 好　　现 世 安 稳

奔忙于南北迁徙，却不忘在青海湖安家落户，世代繁衍。一望无垠的湖面，倒映着洁白的雪山，看鱼群欢跃、万鸟翱翔，任光阴交替流走，这片净土，永远有属于我们的地方。在这里存放梦想，梦想又将幸福传递给每一个往来的路人。

踩在青海湖这片土地上，就已经把这儿当作自己的家园。轻松地乘着马，骑着牦牛，漫游在辽阔草原，放逐清澈的思想。据说，青海湖所产的马在春秋战国时代就负有盛名，有"秦马"之称。隋唐时代，更产过许多匹宝马名驹。它们被慧眼独具的伯乐选去，从此驰骋疆场，万里奔腾，傲视风云。如今游走在草原的马，收敛起往日的烈性，多了几分温驯与纯良。它们自在悠闲，静看青海湖深沉的大美，倾听时光流淌的声音。

走进牧民的帐篷，感受当地的风土人情。他们热情地取出备好的奶茶、酥油、青稞美酒，供游客品尝。一双双亲切纯净的眼眸，与你心意相通。在这里，会忘记自己身为过客，只沉浸在朴实的温暖里，和牧民分享着喜悦。而一段故事也在不经意的相处中，悄然酝酿。又被岁月收存在青海湖简朴的书卷里，供你我平静地翻读。

自2002年开始，每年七至八月，会在青海省举行自行车环湖赛。这是亚洲顶级赛事，也是世界上最高海拔的国际性公路自行车赛。他们以碧波无垠、候鸟飞翔的青海湖为中心。一路上飞扬的姿态，仿佛在和高原的勇士一决雌雄。这样壮美的风光，给与生俱来只放逐牛羊的草原带来了另一番别致的风采。沿着湖畔行走，还能拾捡他们洒落的欢笑。

停下追寻的脚步，深情地凝视这一面雪域蓝天下的湖水。青海湖，你是这样清澈，又是这样富饶。这肩上简单的行囊，该如何将你装载？也许，只有用一颗明净豁达的心，才能够将你收藏。

那么，就藏起这一湖湛蓝的纯净，藏起这高原质朴的幸福。多年以后，也不会将青海湖的美好遗忘。

圣洁的纳木错

辞别纯净的青海湖，去寻找另一面高原的大美之湖。光阴是灵动的，只需乘一缕飘逸的清风，便可以穿越万里层云，飞渡千山暮雪，来到圣洁的纳木错。这一面湖水，是岁月遗落在天山的清澈记忆。

纳木错位于拉萨以北当雄县和榜额县之间，在念青唐古拉山主峰以北，距离拉萨240公里。纳木错湖面海拔4718米，是世界上海拔最高的大天湖。纳木错是神奇的，方才还在现实中赏阅风景，刹那间便跌进一湖蓝色的梦里。将生命沉淀其间，感受湖水洁净的湛蓝、高贵的宝蓝、忧郁的深蓝。人们唯恐这样无意地闯入，会惊扰纳木错一帘幽静的梦，却不知梦早已将你我珍藏。

第四卷　一面湖水

连绵起伏的雪山如梦如幻，每一个生动的瞬间，变幻着不同的风景。用目光捕捉千姿百态的美丽，眨眼的时间，风景也会碾过我们的心灵，让来到这里的人，不会有任何稍纵即逝的错过。青天下一顶顶帐篷，升起的缕缕青烟，告诉着人们，这方洁净的土地，其实飘散着人间最朴实的烟火。

冬日里湖岸边结着厚厚的冰层，湖水却一如既往地荡漾。一面圣洁的天湖，仿佛在提醒着这里隐藏了许多美丽的神话。风从身边掠过，被湖水收存的传说便会抖露出来，静静地讲述它们沧海桑田的故事。而这一切所寄寓的皆是吉祥、平安、幸福的主题。

因为传说的优美、天水的圣洁，纳木错便有了生命、有了情感。每逢羊年，诸佛、菩萨、护法神集会在纳木湖，设坛大兴法会。此时，转湖念经一次，远胜过平时朝拜千万次。朝圣的教徒们不辞辛劳，从不同地域跋山涉水而来，只为借着圣湖慈悲的水，洗去疾病与苦难，求得一种福慧圆满。那风中飘曳的经幡，铭记着这一刻真挚的拥有。纳木错湖畔的玛尼堆，似乎领了佛祖的法旨，用灵魂来守护这份神圣。教徒们的信仰如同湖岸的石子，被他们投入圣湖，感动了自己，也感动了别人。

碧波轻漾，悠悠地诉说一段浪漫的爱情。相传，纳木错是帝释天的女儿，念青唐古拉的妻子。他们厮守在天山，拥有人世间一段生死相依之情。山与水的交集，水与山的叠印，就如同那一对耸立在湖边的夫妻石，将彼此深情守护。也许它们记不起究竟这样偎依了多久，看过多少日出日落，人来人往。没有海誓山盟，却自有一份天长地久。湖岸边还有虔诚的合掌石，合着双手为万物祈福，为世代生活在纳木错的人们祈福，也为每一个来到纳木错的客人祈福。

黄昏下的湖泊，此时褪去了幽蓝的碧波，闪烁着璀璨的金光，就如同从佛祖的眉宇间绽放而出的慈悲之光、吉祥之光，无私地照彻大地山河。沐浴在波光中的人们，享受大自然给予的平等与仁厚。

纳木错似玉壶，落在遥远的雪山，散发出的晶莹气质，撩拨心扉，让人忍不住想要收藏这份圣洁。有前来取水的尼姑探下身子，用手中的罐子盛起湖水的性灵，装载生命的清净，也承接禅意的时光。这个善意的过程，宛若佛家所说的因果。老尼取完水，背着水罐，一步一回首，那隐含禅机的眼眸，流露出一份对众生的悲悯，又有一种物我两忘的从容。留给我们的只是一个远去的背影、一束菩提的光阴。

　　那么，与纳木错告别之前，也装上一罐圣湖的水吧。将来，无论是饮下，还是封存，都知道有一面大美之湖，流淌在心间，可以滋养灵魂，净洗人生。

神奇的九寨沟

就这样来到九寨沟，从最深的红尘走来，在湛蓝的湖水中，演绎一场美丽的神话。登上时光的梯子，眼神便落在天鹅湖中。湖面清如明镜，每个人都可以照见心底真实的自己。在这里我们忘记人间的烟火，以及尘世里一切尊贵和荣华。我们像候鸟一样，在停留时温暖相聚，在远行时微笑别离。

所有的寻找，都是为了抵达一场生命的纯净。那些隐藏在丛林深处聚散的湖泊，仿佛是银河里明亮的星辰。而这些或晶莹，或灵逸，或沉静，或绚丽的海子，便是零落在九寨沟的星子。这样的布局，仿佛遵循星相而陈列，也定格在人们的心中。它们守护着自己的领地，泾渭分明，不会让任何一个闯入者迷失方向。

无论是静卧在绿色瀚海之中的熊猫海，还是带着传奇色彩的犀牛海，或是那条流淌在栈道边绚丽多姿的孔雀河，都是岁月赋予九寨沟的神奇之处。这深邃浩瀚的星辰，并没有藏纳玄机，而是自然天成的风景。

我们将心灵交付给九寨沟的湖水，无须青山的诺言，也无须白云的见证。其实，生命原本就是一个谜，而我们不必在行走的开始，就去猜测最后的谜底。只要循着春秋的印痕，将漫长的过程填充，来完成生活赋予的使命。那么，纵然渺小得如一株草木、一只蝼蚁、一粒尘埃，也可以彻悟人生的主题。

要怎样辽阔的心境，才装得下九寨沟这星罗棋布的湖群？如果说以动物命名的海子是银河里散落的星辰，那么以植物命名的海子就是五彩缤纷的画卷。它们用彩色的心情，装帧流年的记忆。它们将尘世间花开花落的故事、萍聚萍散的际遇都镶嵌在湖水里。

火花海在阳光下闪烁粼粼波光，浪花舞动时间，五彩枫叶飘落在湖面，点燃了季节的灯火。这像是一场旖旎的梦境，却又可以在粲然中闻到彼此安静的呼吸。风中摇曳的芦苇，像是历尽风霜的老者，令弯曲透明的河水，也流淌出几许深沉的世味。青山拥翠，一片萧萧箭竹，倒映在湖中，形成静如天籁的箭竹海。此时，只想削竹为笛，用悠扬的韵律，吹出一曲虚怀若谷的心境，吹出一曲百转千回的清音。

目光停留在山谷之间的寨子上，停留在水边的磨坊中，那转动的经筒，飘摇的经幡，让你遗忘了曾经风尘起落的日子。只想在微风细雨的山间，守着一团云雾，过一段人间仙境的岁月。将华年滋养在水中，等到离去再捞起，会和来时一样青翠。

选择以水的方式流淌，就像走过的时光，不再回头。在水中体悟生命的过程，而生命又在水中得以净化。九寨沟那一帘帘流溪泻玉的瀑布，在人生长河里激浪沉涛，变幻着大自然慷慨豪迈的风云。

无论是诺日朗飞流直下的瀑布，还是珍珠滩如珠似玉的白练，它们都沉醉在自己流泻的表达里，仿佛要倾尽所有的热情，将岁月征服。飞扬的姿态，似舞剑的白衣舞动的剑花，可以粉碎世间一切的华丽；又似抚琴的雅客拨动的琴弦，可以穿透世事万千的迷象。

你借着镜海的湖泊，将起伏的心情沉静。这面湖水汇集了九寨沟万物无穷的美丽。它将雪山、绿树、碧空、白云、飞鸟、游鱼纳入其间，也将大自然的荣枯、人世的浮沉收藏在这里。这一湖柔软之水、澄净之水，亦可以穿透我们的胸膛，照彻我们的心灵，且足够我们用尽一生来畅饮。

许多的风景，总是在对岸。此时，你站在风景之内，捉住了空灵的真实。九寨沟的湖水是清晰的，非雨非雾；九寨沟的湖水是朦胧的，时远时近。在万物聚齐之时，依旧选择行走。此时的山水，历经一段生命的追寻，蕴含了春耕秋收的深意。

来路即是归程。湖中，有一束招摇的水草，在温润的光阴里将故事讲述，不与任何过客轻易说别离。

每个人，梦里都有一座水乡，这水乡在江南。也许江南水乡与你相牵的，只是一朵浪花，一片记忆，一株花木。可你的到来，都是因为前世的那段不了情。忘不了水乡那一艘乌篷小船，忘不了宋朝那满城春色的昨天。这是一个让你一旦走进便无法割舍，让你从过客转换为归人的地方。说好了采撷一束水乡的时光，在一间老旧的茶馆，静静地等待，不见不散。

岁 月 静 好　　第五卷　　现 世 安 稳

梦里水乡

水乡记忆 //

　　都说绍兴水乡是一条河，你站在青石的岸边，想要渡河，只有乘一艘乌篷小船才能抵达。任何一种方式，都不能真正走进水乡的梦里。那条承载了江南古韵的河流，会洗净你烟云浮动的心境，拂去你身为过客的迷惘，给你一种归人的暖意。涉水而行，萦绕在水乡的烟雾里，镶嵌在两岸的风景，会打湿你的衣襟，而后缓缓渗透你的心灵。

　　船桨划过绍兴古老的记忆，那轻轻荡漾的水纹，会将你已淡忘尘封的情愫重新开启。曾经深刻的片段已经朦胧，而模糊的细节反而清晰。古旧的风景封锁了世间所有的华丽，让你在苔藓攀附的痕迹里赏阅另一种雅致。在这个没有雕琢、不见修饰，且处处流溢着自然风情的水乡，许多晦涩的人生，在刹那间湿润，便有了生动的灵魂。

　　沿着诗意盎然、清新含蓄的景致层层走进，由远而近的灵气如一缕微风扑面而来，从古至今的历史也似一卷古书徐徐展开。不曾细致地度量水乡的风物人情，已然跌进河流翻腾的岁月里，因为只有穿过几千年的烟雨时光，才能彻底触摸那些沉淀在绍兴水中的故事。

　　远去的已然走近，历史像一面锈蚀的铜镜，摇挂在水乡的窗前，在锐利的时光里呈现出沧桑的倒影。大禹在此地治水救苍生，越王勾践卧薪尝胆争天下。有过沈园那无言的感伤情结，还有一代文豪鲁迅的怀旧之旅。甚至你呼吸的时候，会被王羲之《兰亭集序》里流淌的墨香给呛得不敢放纵思想，那千年水墨为你洗眼净心，将人气蒸腾的浮躁过滤，只留下一片明净的天空。

　　做一个心智澄澈的人，你便可以在历史写意的空间云游，在水乡秀逸的图景里做梦，无须担忧被繁芜的世事阻拦，不必计较被酸腻的情感纠缠。你合上睡眼，感受着水乡醺然困意的美丽，你睁开秀目，那温柔的春风潜入你的魂灵，告诉你，此刻生命的清新与真实。

　　乌篷小船顺流而下，抬眉与倚窗而望的江南闺秀邂逅，刹那的交集，牵引出被风尘遮掩的青春和梦想。时光似一把锋利的剪刀，它剪断青翠的年华，同样也可以剪断结痂的记忆，释放出禁锢的思想。那些被岁月风干的往事开始潮湿，在绚烂的阳光下，有了年轮的温度。

　　你欣赏江南佳人温婉风姿的时候，又怎能不忆起那位巾帼不让须眉的红颜？在那个乌云遮月的年代，秋瑾以一句"秋风秋雨愁煞人"直指当时的黑暗，至今仍被后人传诵不忘。身为女子，她行走在革命的前端，纵马江湖，风云驰骋。最后血溅轩亭，埋骨西泠，其风云奔腾的事迹在历史的天空里荡气回肠。

　　那沉静如秋水的魂魄是否看到了新中国的第一缕月明？真正的侠者，剑未出，锋芒已惊世，这位江南名媛有着乘风万里、独向云霄的气魄。当你沉醉于小桥流水的诗意里之时，还会有拍岸惊涛落进你的心湖，久久荡漾不已。

　　以水的方式流淌，难免会潮湿步履，寒凉心境。选择登岸，行走在被时光打磨得光润平滑的石板路上，你擦拭着前人留下的粉尘，而你留下的尘埃，又会有别人来为你扫去。不经意间，总会有幽兰的露水从窗台滴落，打湿你的发梢，却又泛着沁人心脾的芬芳。

　　一滴清雅绝尘的兰露，像碎墨落于宣纸上，洇开缤纷的记忆。是书圣王羲之将水墨汇聚成兰溪，以行云流水的笔锋书写一阕《兰亭集序》，得以遗香千古。昔日的兰亭，有一场白云春风的聚会，魏晋名士在此寄情山水，饮酒赋诗，在感叹不合时宜之际，难免不被这多情的万物给熏醉。

　　生命原本有许多种求索，倘若拥有一份淡定从容的心境，颓然也可以明亮，困顿亦可以清醒。用高才求取功名，未必就是一种明智之举；用雅量容纳自然，又何尝不是一种旷达人生？在你回看过往之时，不知是谁送来一杯幽兰的清露，转身回眸，她已消失在烟雨的石巷中。

　　柔软的阳光顺着黛色瓦当流淌，你眼睫闪动的瞬间，随处可见迎风飘摇的酒旗，迫不及待地想要告诉你那被绍兴光阴封存的佳酿。无论你是否禁得起酒香的诱惑，都会不由自主地选择一处酒家，迈进那旧木门槛，便是醒醉由之了。

　　屋内弥漫着浓郁的酒香，你不曾品尝，就已经醉意蒙眬。古木桌椅，围坐着来自地北天南的酒客，彼此不问来处，不问归程，一壶花雕，浇醉各自的悲喜人生。每个人的故事都是一坛尘封的老酒，你借着绍兴这剪闲逸的时光开启，在散淡的日光里，惺忪着双眼，回忆自己昨日的风云。

只是品味一盏酒的过程，往事已经过了十年。酒中的岁月没有锋芒，它不会将你追赶，你从日出的清晨，坐到月明之夜，喝到意兴阑珊，也会有一盏灯为你亮着。当你看到一个穿着破旧长衫的人，误以为是孔乙己时，才知道自己是真的醉了。醒时自己的故事已经结束，醉时别人的故事却刚刚开始。

假如你是远方来客，禁不住水乡古韵的蒸腾，说不定会迷失在某个青烟的巷口，记不清来路；或者被微风遗忘在某座不知名的桥上，不知归程。此时，你只要寻找水流的地方，在某个停留的渡口，那些戴着乌毡帽摇着乌篷船的船夫，会带你去任何与绍兴相关的地方。

每一座古桥都是人生的驿站，每一个渡口都是命运的起程，你将擦肩的路人定格在临水窗前，又将游走的风景寄存在浮云天边。你以为远离了水，就可以脚踩大地，风雨兼程，谁曾知道，辗转又回到乌篷船上。在这里，水乡是河流，你要抵达彼岸，就必定要用流水的方式完成。智性之人，会明白从善如流、柔可克刚的真理，再宽大的胸怀，也抵不过水的辽阔。

　　顺流而下，不去丈量河流的长度，让已经开启的历史沉落水底，让不曾翻读的故事漂在水面。在一段结局中寻求新的起点，告诉清风，你要去沈园，寻觅一个宋朝伤情的旧梦；告诉白云，你要去乡间，静看一场年华老去的社戏。

　　短暂的别离是为了另一段相逢的惊喜，永远的别离是人生一种无言的美丽。你曾经将水乡深深追忆，有一天，水乡也会淡淡记起昨天的你。

相逢沈园

红酥手，黄縢酒。满城春色宫墙柳；东风恶，欢情薄，一怀愁绪，几年离索，错，错，错！

春如旧，人空瘦。泪痕红浥鲛绡透；桃花落，闲池阁，山盟虽在，锦书难托，莫，莫，莫！

——宋·陆游《钗头凤》

世情薄，人情恶，雨送黄昏花易落；晓风干，泪痕残，欲笺心事，独语斜阑。难，难，难！

人成各，今非昨，病魂常似秋千索；角声寒，夜阑珊，怕人寻问，咽泪装欢。瞒，瞒，瞒！

——宋·唐婉《钗头凤》

　　没有一个人走进沈园会觉得像是风雨归来，尽管这里的景致与故事，早已在你的梦里重复了千百次。可你终究只是一片游荡的云彩，你或许可以认得出沈园当年有过的情怀，却没有一草一木是在将你等待。如果说是来追忆，追的也只是陆游的记忆；如果说是来寻梦，寻的也只是唐婉的梦境。沈园就像一湖如镜的春水，能够清晰地照见往事的背影，可你永远只是一个旁观者，而不是那一位可以走进镜中的人。

　　纵然只是沈园时光里一粒飘忽的尘埃，可因为那一段千古绝唱，依旧有如流的过客在园中徘徊。当然，沈园那道曾经关闭的重门，已向所有的人从容敞开。沈园本是一座江南的沈氏园林，尽管浸润了宋时明月，又流淌过明清水云，还漂染着今时烟雨，可这里的光阴却始终停留在几首叫《钗头凤》的词中。

　　是陆游和唐婉的"钗头凤"，也是陆游和唐婉的沈园。他们被冷酷的现实主宰了命运，做了封建礼教的囚徒，而沈园却给他们制造了另一种命运，让离别得以伤感的重逢，让破碎得以残缺的圆满。纵然一生不得相依，他们却成为沈园里一道不离不弃的风景，沈园也因为他们的故事而滋养得这般耐人寻味。

　　倘若你不想做一个流俗的人，来到沈园就不要携带悲情的色

彩，不要含有伤怀的叹息，亦不要心存酸楚的失落。因为这儿有
过动人的相逢，有过清澈的别离，还有过美好的追忆。任何一种
无端的纠缠，都是莫名的惊扰，这儿的风景，这儿的故事，不会
让谁无意地错过，也同样不会为谁刻意地停留。沿着往事依稀的
痕迹，在沈园风雨旧梦里行走，你可以感动，却不能悲痛；你可
以沉醉，却不能迷离。

当年的沈园，其实早已湮没在时光的风烟里，是怀古的后人
为了寻梦，将历史残留的遗迹重新修饰，让世人在可以触摸的风
物中看到当年的情景。没有人会计较眼前的沈园是否真实如昨，
因为你闭着眼，可以闻到花香，可以听到雨声，还有微风在园中
悄然踱步，这一切都在告诉你，是真的，如梦境一样真，又真的
如梦境。

步入诗境园，只是"诗境"两个字，就已然让你忘记刚才真
假模糊的思绪。峭然独立的太湖石，被岁月擦亮，镀上了光阴的
色彩，它用诗意的姿态，告诉你有一个叫陆游的诗人，曾经在此
将唐婉寂寞地等待。沧桑的太湖石记载了流逝的过往，尽管被年
月雕琢得千疮百孔，却因为一段动人的故事，依旧诗情画意地与
每一双迷蒙的眼睛对望。

一缕幽淡的梅香，飘过历史迢遥的山水缓缓行来。问梅槛是一座仿宋的水榭楼台，因为那位爱梅诗人，沈园的风景画廊流溢着寒梅的香迹。倘若你在梅开的时候循香而来，那语笑嫣然的花朵会与你优雅交集。纵然你在别的季节来到沈园，依然可以神往于她清绝冷傲的风采。一声问梅，牵引出千丝万缕的情意，那位宛若梅花的佳人，曾经飘逸在你的寒窗下，如今，又被谁折去天涯？

陆游说：城南小陌又逢春，只见梅花不见人。时光苍绿，陌上春色如许，陆游独倚栏杆，将芳菲看尽，却不见唐婉的倩影香踪。只有那满园的寒梅，用她一怀端雅风骨，几许幽香绝俗，在红尘葱茏的岸上，独自清逸。追忆只是当时的迷惘，便纵有惊世高才，雅量襟怀，也只能在春意如丝的沈园，无声地叩问一株梅花芳华的过往。

行走在沈园古朴的石桥上，才知道，桥的名字叫"伤心"。杏花烟雨，杨柳石桥，本是江南最温婉的意境，如今在这清新自然的景致里，又多了几分湿润的记忆。陆游在白发风霜之时重游沈园，伫立于桥畔，那些沉淀了多年不敢触碰的情思再度涌出，流淌成河，在心底跌宕回旋。他凄切地吟道："伤心桥下春波绿，曾是惊鸿照影来。"正是陆游对前缘旧事的回首，在沈园的

岁 月 静 好　　现 世 安 稳

石桥留下难言的感伤。梦里惊鸿照影，红颜依旧，醒来沈园擦亮
蒙胧的双目，她已消失在尘世的光影中。

　　其实，伤心的不是石桥，不是桥下的春波，而是那位孤独的
高士。这样明净的天空，诗意的沈园，这样墨绿的春风，清润的
石桥，却给不了他温柔的牵绊。你只需在桥上停留片刻，就可以
感受他曾经清醒的寂寥——那位白首诗人是如何在沈园的石桥刻
骨地怀想当年镜中的佳人，清寒地等待那缕远去的香魂的。

　　就像孤鹤，守着冷暖不同的四季，守着日月更替的光阴，不
肯离去。当你走进孤鹤轩，就知道，定要有这样一座格调清幽的
庭轩，才可以栖息高士那孤傲的灵魂。世间风云变幻，这里临水
照花，那位旷达又悲凉的爱国诗人，身在江湖，心系河山，情归
沈园。

　　他是孤鹤，被历史的硝烟烧灼，被冷酷的命运摆弄，只有回
归沈园，才能洗彻一身的疲惫风尘，遥望红颜的背影，在庭中独
自抚琴，吟咏千古绝唱。你是孤鹤轩的过客，在流淌的弦音中，
在生动的诗韵里，或许可以明了他的情怀，却永远不能知晓他的
寒凉。

当你来到那块刻着《钗头凤》的石碑前，会蓦然不由自主地惆怅。那消瘦的诗行，掩藏了太多的悠悠往事；那千古的遗憾，流经了太多的风雨春秋。他们用十余载的离别换来短暂的相逢，又用短暂的相逢，换来一生的别离。

多年来，听过他们故事的人，都以为这样的换取是值得的，还有故事中的人物，他们无悔于这样的换取。如今只剩两阕瘦词在寂寥的碑廊上深情对望，一位是红袖添香的佳人，一位是叱咤风云的诗客，他们在尘世拭泪强欢，在词中尽情伤叹。来过的人，会觉得每个人心中都有一座沈园，都刻着一首《钗头凤》，词中酿造的情怀让你久久地沉浸，却又都无关自己。

在无关自己的情境中离去，没有一片风景会将你挽留。而离去的人，又是否真的可以轻松自若、飘逸洒脱？来此之前，你或许在担忧自己会坠落沈园的故事里，不知能不能走出来。

可一踏进这道门槛，就清楚地明白自己只是沈园的尘埃，纵然你将这里的风景看尽，到最后，终究也不过是在门外徘徊。因为，这是陆游的沈园，是唐婉的沈园，从宋朝那满城春色的一天开始，从那场感伤的相逢开始，从一首《钗头凤》开始，直到今朝，直至永远，都将是他们的。

　　无论你以怎样的方式离去，都不重要，你带得走沈园春天的风采，却带不走沈园微雨的情怀。那么，就在沈园湿润的春风中淡淡离开，无须辞别，不要回眸，让沉睡的继续沉睡，让清醒的依旧清醒。

行走故土 //

有这么一个地方，本是初次相逢，却让你觉得是久别多年的故土，一次短暂的邂逅，便再也无法忘却。这就是绍兴水乡，它像一幅遥挂在江南墙上的古画，装帧着来往路人的梦想，任凭年轮留下多少痕迹，也不会更改初时的模样。水乡是画，你便是那流淌的点点墨迹，在静止的风景里行走一阕词的韵脚，用自己的风情漂染水乡，又在水乡的韵致里生动自己。

藤蔓攀附着老旧的青砖古墙，炊烟从老屋的黛瓦上弥漫，空气中飘散着霉干菜的陈香，眼前的景致，是一张尘封在时光深处的老照片，偶然抖落在眼前，让你深深陷入怀旧的情结，已经不能自拔。无论你来自哪里，是否与这里有过命定的缘分，你都会以为自己是从远方归来的隐者，有古老的小桥将你执着等待，有

岁 月 静 好　　现 世 安 稳

清澈的流水为你洗去风尘，有质朴的乌篷船载着你去生命向往的
地方。卸下沉重的行囊，有一个声音告诉你，这儿不仅是鲁迅的
故乡，不仅是历史上那许多风云人物的故乡，也是你的故乡，此
后灵魂在这里留宿，再也不会生出身为过客的迷惘。

　　这儿的石板路也沾染了江南的灵气，你无须言语，它自会
明白你想要去哪里。每个人踩上去，都误以为这是走在回家的路
上。不然，为何会有一种熟悉的暖意，还有一种久违的清凉拂过
心间？那迎面而来的少年，戴着一顶小毡帽，颈上套一个明晃
晃的银项圈，这见了生人怕羞的模样，分明就是那个叫闰土的
少年。

　　听说他后来也老了，再后来因为不堪生活所迫，病死了。可
为何他又清晰地出现在眼前？那乌黑明亮的眼眸一如当年的清澈
与明净。透过闪烁的目光，仿佛看到在皎洁的月光下，他手持一
柄钢叉，一匹猹从他胯下逃走的情景。

　　时光是这样有情有义，它将这个机智勇敢的少年定格在鲁迅
的笔下，让每一个来到绍兴的旅人，都可以重新翻开那册被岁月
封藏的古书。它给你足够的时间回忆，而后悄悄将你带离，你还
来不及惆怅，又会有新的景象将你的思绪填满。

　　这时的阳光很温和，你只需透过光和影的缝隙，去寻找云水往事遗落在这儿的美丽。寻找百草园，是为了给心灵荒漠镶嵌一片葱绿，让沾着露水的青草拂去沉积在心底的尘埃。

　　走进鲁迅故居，一种岁月的陈香和书卷的灵气扑面而来，古旧的桌椅，老式的花瓶，清凉的地板，雕花的窗格，分明刻满时光的旧痕，却又是这样洁净无尘。在这个连空气都弥漫着繁华的年代，怀旧似乎成了一种清新的向往，若不是时光追逐，谁又舍得在这充满温情又古旧的梦中醒来。

　　穿过廊道就是百草园，逼人的绿意将刚才旧色的心情浩然洗净，生命里充盈着草木芬芳，鸟语虫鸣。脑中浮现出几个孩童在此玩耍的情景，泛白的记忆由远而近，从模糊到清晰。每个人的童年都有一座百草园，在背井离乡之前，将纯朴的童真寄存于此，待到多年后再来回味，依旧散发着稚真的气息。

　　从百草园到三味书屋，只是走过一座石桥的距离，短暂的过程，已让时光回流，往事重现。阳光可以将美丽过滤，却不能将其蒸发；清风可以将旧梦拂醒，却不能将其湮没。人生有百味，爱恨情仇、离合悲欢皆于百味之中，品过方知真意。书中有三味，则为经、史、诸子百家味，读过方知深蕴。

岁 月 静 好　　现 世 安 稳

　　一入门槛，抬眉与堂前"三味书屋"的牌匾相遇，那古旧清凉的味道，似故友重逢，只在刹那间，便摄住你柔软的心魄，想要逃离，已然太迟。这让你明了，人生许多缘分，都是在不经意间觉察到的，看似平淡的凝眸，却意味深长。

　　这是鲁迅的三味书屋，还记得旧时私塾的古韵给了新时代孩童无尽幻想，还记得课桌上一个"早"字令莘莘学子相继效仿。如今得以真切地守望梦中情景，看着犹存的旧迹，又增添了一份对先人的怀想。时光就像一面明镜，过往是镜中的影子，它真实地存在，却又无法触摸，将怀旧的人永远锁在回忆中。

　　都说过往有情，可有情的究竟是过往，还是追寻过往的人？路过咸亨酒店，门口那穿着破旧长衫，对着一小碟茴香豆的孔乙己，脸上似乎带着几许淡淡的笑意。温暖的阳光将寒冷的昨天融化，来过的人都走了，只有他坚守着古老店铺里陈旧的美丽，是等着过往的路人来心疼吗？心疼他落魄迂回的命运，心疼他醒醉模糊的人生。抑或是因为他欠下十九钱而不能离开？

　　不知道这些走进店中的过客看到悬挂的牌子上写着"孔乙己，欠十九钱，三月六日"这几个大字时，会是怎样一种心情。是几时孔乙己欠下的债务成了世人追忆曾经的道具？不然，为何要将一个穷酸之人一生无法还清的债务供来往路人观赏？分明是在提醒什么，或是昭示什么。也许什么都不是，这样的风景，看过的人都忘了。这世间又是否会有一种没有相欠的人生？正因为相欠，才会有无法割舍的缘分。无须再去品尝一杯岁月的醇酿，在黑白的光阴里静坐片刻，你就已经醉了。

　　醉过才知真味，醒来方觉意浓。在春风沉醉的黄昏里，摇一艘乌篷船去看一场社戏，是每个来到水乡的人不可缺失的旅程。就这样顺流而去，将落日抛在身后，赶赴一场溶溶月色编织的戏宴。无论是戏的开幕，还是戏的散场，甚至只能在薄暮中看一座空荡的戏台，都要一往情深地循迹而来。

　　拂去岁月落下的尘埃，临水的戏台在月光下闪烁着戏曲纷呈的光影，一艘艘停泊在水中的乌篷船，是否也懂得品尝戏里悲喜离合的味道？而台上的戏子，看惯了客往客来，再也不会为谁悄然等待。只有看戏的人，不小心落入这万千景象里，固执地不肯离开。水给你营造一种幻境，你想要走出幻境，就必须划破平静的水面，在凌乱的涟漪里抽身而去，留下月光支离的碎片，为后来者重新组合另一种梦境。

　　在懦弱中追寻旷达的勇敢，于沉醉里觅求颖悟的清醒，这样的人生，算不算残缺的完美？黑暗中追逐真正的光明，必须点燃心灵的火焰，亮丽的归程不会遥远。水上的乌篷船曾经被晨露浸润，又被霞光装点，如今披星戴月，在每一个渡口短暂停留，而后继续在命运的河道往来。当你从终点又回到起点，光和影的流转，生命却不再如当初年轻。在回忆中醒来，面对一份充实的怅惘，你又还会有什么虚妄的期待？

如果灿烂的相逢，注定会是转身而过的离散，你是否会后悔这样一次拥有？如果生命的怒放，换来灵魂的寂寞，你又是否能平静地享受这份清凉？倘若可以，你便找到了追寻的理由。在这墨色的江南，你从简单里悟出深刻，于黑暗中看到明亮，这就是人生的希望。

那写着结局的巷陌，有一条通往开始的路径。来的时候，你以为找到了故乡，背上行囊，依旧做回了过客。

岁　月　静　好　　现　世　安　稳

总以为，成都这个被称作『天府之城』的都市与我有着遥远的距离。

当我走近，才知道，其实不过隔了一程青翠的山水。这里也叫蓉城，它不是美人如花隔在缥缈的云端，也不是皎洁明月落入澄澈的水中。而是一片柔软的烟火，飘散在风情的街巷，流淌在古韵的琴台，弥漫在筑梦的廊桥。成都的时光不会迎风乱舞，它静静地栖在枝叶上，泡在茶盏中。我是那个素朴的女子，闲云碎步地走在成都，与它共度一段芳菲的流年。

第六卷

岁 月 静 好　　　　　　现 世 安 稳

蓉城光阴

巷陌人生

　　剪一段闲逸的时光，一个人，素衣风尘，行走在成都的宽巷子、窄巷子和井巷子里，有如走在一条通向过往的长廊。巷内没有鲜衣怒马的热烈，有着的是陌上花开的恬淡。岁月在这里投下了黑白的影，漫步在瘦长的幽巷里，我细闻着光阴的味道，静听流年的声息。这三条承载着民俗风情的青石深巷，所系的是成都人的灵魂。在人生云水的生涯里，它们的存在，是多么长情。

（一）宽窄巷子

　　都说宽巷子见证的是老成都的"闲"生活，呈现的是现代人对于一个城市的记忆。而窄巷子讲述的则是老成都的"慢"生活，展示的是成都的院落文化。当我踩着柔软的光阴走进巷子时，这里的悠闲和缓慢，让我误以为年华忘记了更换，故事还发生在昨天。任何一个转身或者回眸，都会让我跌入老成都某段遥远的回忆里。我相信，宽窄巷子一定是岁月刻意留下的一段民俗古韵，让曾经错过的人和不曾邂逅的人，可以共同拥有这份闲适的亲切和美丽。

巷子里没有浮华的繁弦急管，而是一片恬然的市井烟火。我几乎可以从青石板路的缝隙里，闻到巴蜀风情熟悉的气息。成都的宽窄巷子，虽处繁华都市，却保存了明末清初的建筑。洁净的青砖黛瓦，旧式的木质门窗，老墙边的拴马石，街檐下的老茶馆，浓郁的梧桐树，这些古韵明澈的物象，与城市的喧嚣隔了一道音墙，就已将世俗的尘埃过滤干净。而千年前的巴蜀旧梦，只消得刹那光阴，便邂逅在今朝。

走进龙堂客栈，我放下简洁的行囊，感受这座被称为"最具幸福感的城市"所带来的愉悦。在成都，有许多这样别具风情的客栈，收留天南地北的远朋佳客。他们和我一样匆匆，是为了奔赴这里舒适的幸福。行走在宽窄巷子里，明朗的阳光拂过我的衣襟，仿佛要将我身上青春的活力感染给每一个人。而我又为这里浓郁的市井气息所迷醉，一座座茶馆会唤醒老成都所有的记忆，一张张笑脸吸引着我想要立刻去分享他们的快乐。我尽情地游弋在小巷闲适的风景中，和各色各样的人高谈阔论，不容许有任何的幸福从身边悄然溜走。

选一处临着街巷的茶馆坐下，品一盏芙蓉浸泡过的香茗。这里聚集着一些老成都人和闲散的路人，彼此相逢不问来处，也不问归时。我携着都市里的青春与繁华，无端地闯入这样恬淡的老巷，和他们一起享受时光带来的宁静，讲述老成都的昨日风云。他们的身上仿佛带着一种与生俱来的安逸，在烟火弥漫的市井里，过着知足常乐的日子。茶的味道是水的语言，我知它的心意。有些缘分只要一盏茶便足矣。

小巷的时光是可以随意浪费的，任何一种过法都不会是虚度。在巷子里看风景，被古朴凝练的建筑带到别人的故事中。喝一盏闲茶，就过去了一下午。在缓慢的时光里感受人生的仓促，却有着淡定心闲的安宁。一路行走，能看到老人安详地喝茶摆龙门阵，看到慵懒的小猫盘坐在脚下打着盹儿，看到门扉半掩的院墙上爬满绿叶，还有梧桐树上挂着一对画眉。这样原汁原味的市井烟火，让人们踏着老成都人的节奏，被他们的从容深深打动。

青苔滋长的院落，一些黄金竹在修身养性，一些三角梅已探过院墙。它们缓慢恬淡的姿势，让你觉得这里的春天都在犹豫不决，询问着是否要接受季节的交替。来来往往的人在这些雕刻着民间古画的庭院前驻足，不是为了探看墙内的风光，而是想要一份生命的归宿。这是成都人的家园，他们世代守护着院落里苍绿的岁月，这样地别无所求。纵然万里远程的燕子，也会回归古旧的屋檐，栖息在自己简朴的巢穴，和老去的主人讲述当年衔泥筑梦的往事。

如果青春可以作注，我将押上所有的筹码，让自己沉浸在宽窄巷子里和煦的日光下。不需要承诺，忘记年岁，只用年轻的生命承接这段幸福的时光。不让走过的步履没有痕迹，不让任何记忆散作尘灰。

（二）井巷子

如果说宽窄巷子是一册装帧古朴的怀旧书，撰写的是老成都最市井的生活，那么井巷子便是书页里现代清新的一笔。将陈旧的建筑重新粉饰，既保存着当年质朴的风骨，又增添时尚多彩的风情。意味着将一段老去的岁月用情感修饰，不会失去原有的味道，而是一种温故知新的美德。

行走在含蓄古旧的井巷子里，我却有一种人面桃花初相逢之感。那一道长400米的文化墙，浓缩了老成都的历史原貌，像是一位阅历沧桑的老者，无声地诉说着成都的前世。而这一条充满现代气息的酒吧餐厅，收集了自由生活的创意，如同一位笑靥如花的芙蓉女子，演绎着成都风华的今生。或许，只有成都人可以把历史与现代融合得这样完美安适，这样声色斑斓。

在来到成都井巷子之前，我的背包里装满了青春的梦想，以及对这个城市幸福的渴望。我认为，拥有梦，就是拥有幸福。当我看到井巷子里那些热爱生活的成都人，有的慵懒地晒着太阳，有的聚集在一起闲聊，有的守着一壶茶独自打盹。这些悠然其乐的情景，便是我梦中的幸福。天空湛蓝，云彩柔软地飘过，在甜蜜的阳光下，我几乎要睡着了。可是又觉得喜悦在心中荡漾，让我不敢有任何的错过，只想和他们在一起，共度这段成都的时光。

一群年轻人在一处分享音乐，我立刻被吸引过去，和他们一起将旋转的韵律酿成一壶美酒，让青春做一场潇洒的沉醉。这样的邂逅，无关聚散，只在愉悦的瞬间，相忘于此。而我来去匆匆，心无牵念，任凭花开花谢，自是洒脱不羁。因为，这里的缘分，本就没有宿命之说，只将微笑永远地停留在行客的脸上。这就是井巷子里的时光，永远以一种迷幻安逸的风采，纵容你我用任何方式来享受人生。

　　无须更多的言语，我用青春的笔，写下这一段诗酒年华的美丽。让每一个来到井巷子的人，都可以在幸福的光阴里，闲看成都风情，认领蓉城天下。

　　都说这是一座遍地温柔的城市，所以离开巷子时，心里依旧被温柔填满。其实，离别和相逢一样，都是众所周知的寻常。轻轻转身，我已明白，成都的宽窄巷子，关住的是一个城市古往今来的记忆，开启的却是万千过客摇曳缤纷的人生。

宽窄巷子

浅淡的阳光下

悠长的宽窄巷子

落满了一地的光阴

往事拂过行人的衣袖

这个叫成都的地方

许多闲适的幸福

触手可及

烟火弥漫的巷陌

岁 月 静 好　　现 世 安 稳

散发着老成都的味道

青灰的木门

为来者开启昨天的记忆

老旧的茶馆

讲述着蓉城市井的生活

还有苍绿的院墙

年复一年

守着寻常人家

不让韶光改变城市的容颜

一条百年小巷

经历凡尘荣枯

也阅尽众生无数

有人将青春

挂在了雕花的窗沿

有人将闲情

抛洒在洁净的石板路上

还有人将故事

匆匆地装进自己行囊里

人生真的太缓慢

看遍了巷内的风景

老成都的生活还是初时的模样

人生又真的太仓促

像是一杯闲茶

由暖转凉　由浓到淡

片刻而已

打开记忆深锁的重门

成都的宽窄巷子

每天以同一种风情将过客等待

永远没有最早

永远不会太迟

天府锦里

说起四川，总会让人想起川西的民俗风情，想起三国的历史烟云，想起巴蜀的深厚文化。这里地大物博，历史悠久，自古以来享有"天府之国"的美誉。成都，便是一座被称为"天府之城"的都市，它的闲逸、它的风韵以及它的温柔，令来过的人都不想再离开。被誉为"成都版的清明上河图"的锦里，是这座老城的精魂所在。走进这里的人，只有掀开这幅传统的民俗画卷，才能真正地领略到成都风光，品味蜀地风流。

锦里，即锦官城。晋常璩《华阳国志·蜀志》："州夺郡文学为州学，郡更于夷里桥南岸道东边起文学，有女墙，其道西城，故锦宫也。锦工织锦，濯其中则鲜明，他江则不好，故命曰锦里也。"锦里由武侯祠博物馆恢复修建，现为成都市著名步行商业街，沿袭清末民初的建筑风格。这条街道浓缩了成都生活的精华，有四川名点小吃区，川西传统的工艺品展销区，府第客栈区，时尚娱乐区等，号称"西蜀第一街"。

走进锦里，才知道这是个烟火繁密的地方。可这里的时光不会迎风乱舞，嘈杂之中，又带着一种古旧的宁静。街市里一家家店铺，唤醒成都所有的记忆。无论你是归人，还是过客，都不能让自己置身度外，而是甘愿彻底地融入这样的交织的人流中，与他们一起俯瞰人间烟火，品尝世情百味。锦里就像一幅意态纷繁的老画，汇聚了市井百姓的淳朴生活，又像是一幅用故事浸泡的清茶，等待有缘人用心来品尝。

来到锦里的时候，是背着空空的行囊，因为我知道，这里有太多的惊奇和故事，会将它填满。漫步在锦里的街巷，悠悠的川西民风扑面而来，只是刹那，我便被这里熟悉的热闹给熏醉。仿佛拥有了成都人的性格，拥有了成都人的闲情，并且可以和他们一起，享受着这座城市所带来的幸福和温暖。

一条古街，牵引出原味的市井生活，穿行在其间，无须任何思考，只管尽心地沉浸在这场蜀中的梦里，让青春做一次快乐的放逐。此刻的我，可以从今天的风物中，找寻到昨天的故事，又

岁 月 静 好　　现 世 安 稳

可以在昨天的底蕴里，演绎今天的传奇。

店铺里琳琅满目的手工艺饰品不停地召唤我驻足，仿佛用无声的语言为我讲述着川西的民俗文化，因为它们本身就是蜀中的文明，就是成都的往事。使我甘愿预支珍贵的时光，交付自己的年华为之停留。就这样丢掉行囊，忘记自己是一个过客，走进某个茶馆酒坊，泡一壶茶，吃一碗张飞牛肉面，一坐便离不开了。离不开这种古今更替的美丽时光，离不开这份醒醉交织的闲逸人生。这里的每一种工艺品，都令我流连；每一道美食，都令我回味；每一张脸孔，都令我感动。

锦里是一条适合怀旧的古街，也是一个雅俗共赏的地方。许多人在这里可以找寻到美好的回忆，也可以在快节奏的都市里享受悠闲的生活。阳光总是知人心意，将锦里的热闹一览无余。站在街上看挑担子的手艺人捏个泥人，在色彩缤纷的店铺里买匹蜀锦，在戏台下看一段精彩的变脸。仿佛借一匹蜀绣、蜀锦便可以织出壮丽山河，听一段川剧便可以演尽离合悲欢，饮一碗烈酒便可以加入桃园结义。锦里就是这样一条充满传奇的古街，分明在繁华的红尘之内，又有着红尘之外的悠然。

有人说徜徉在成都的锦里会恍如行走在云南的丽江，而我却能感受到不同的民俗风韵。在锦里，最令我惊奇的是皮影戏。生动明快的皮影造型，精致细腻的图案，巧妙灵活的动作，圆润婉转的唱腔，所渲染出的古朴典雅的艺术魅力，可以让戏剧里湮没的风云再起，让流逝的过往重来，更可以让人重温川西淳朴的民俗，找回童年简单的快乐。我看到成都人，在锦里过着自娱自乐的生活，将美好的心愿，晾晒在温暖的阳光下，将寻常的故事，放映在一场皮影戏里。

戏还不曾结束，灯火已阑珊。站在锦里充满商业气息的古街，遥望只有一篱之隔的武侯祠，此刻是那样地静默无声。它的沉默，是否在等待另一段三顾茅庐的千秋故事？当年的刘备和诸葛亮，是否还在这块三国圣地，相对而坐，抚琴共饮？

锦里，你看这空空的行囊，已被你用真实的生活和历史文化装满。带着这些饱满生动的记忆，足以滋养一生的情怀，并且传递给每一个人，让他们知道，在锦里有一幅意趣盎然的成都版《清明上河图》。

蓉城光阴

　　总以为，成都这个被称作"天府之城"的都市与我有着遥远的距离。当我走近，才知道，其实不过隔了一程青翠的山水。这里也叫蓉城，它不是美人如花隔在缥缈的云端，也不是皎洁明月落入澄澈的水中。而是一片柔软的烟火，飘散在风情的街巷，流淌在古韵的琴台，弥漫在筑梦的廊桥。成都的时光不会迎风乱舞，它静静地栖在枝叶上，泡在茶盏中。我是那个素朴的女子，闲云碎步地走在成都，与它共度一段芳菲的流年。

第一阕　琴台古韵

　　乘一辆汉时的马车，随一个灵动的音符，或携一缕明净的清风，就这样来到蜀中的琴台。伫立在琴台路，才发觉，我像是一个现代的旅梦者，忘记穿一袭飘逸的汉服。而琴台故径，也并非汉代的街巷，只是大汉落在这儿的一道风景、挂在这儿的一幅古画。

我想着，两千多年的烟雨流淌，留存的该是怎样的人文精粹？两千多年的光阴消磨，封藏的又该是怎样的翰墨珍宝？没有黄尘古道，没有剑影刀光，却可以在汉画像砖的长卷上，重现一场礼乐宴饮、轻歌曼舞的大汉风华。

策马扬尘，历史的车轮滚滚，碾过风起云涌的朝代，辗转到如今的太平盛世。琴台路这一派瑰丽大气的景观，难道不更胜前朝？若论风骨，这吹彻在天空的古韵汉风，足够令人醒透。若说浪漫，那十指相扣在青石路漫步的情侣，俨然就是当年的卓文君和司马相如。

是大汉的琴台，是卓文君的琴台，也是司马相如的琴台。当年一曲《凤求凰》拨开情感的心弦，从此与之相关的人、与之无关的人听了，便再也不能忘。这样醉人的风情，摇曳了两千多年的岁月，令一条悠长的琴台路，萦绕着雅致的弦韵。

音律流淌的时候，街边屋檐下的宫灯也会闻声起舞，它们

岁 月 静 好　　现 世 安 稳

在感动，感动于一份心如皓月的坚贞，感动于一份相看白头的约定。时光是有情的，它洗彻过往的烟尘，留下明净的故事，在人生舞台上精彩纷呈。时光也是有义的，它填补曾经的遗憾，留存至真的完美，在历史的河流里涛声依旧。

千年已过，文君楼为何依旧宾客如云？是人们忘不了那位当垆沽酒的绝代红颜，还是忘不了汉朝那段凤求凰的风流佳话？往事是这样风姿绰约，让那些在光阴中老去的人，可以青春如昨。都说人生弹指间，而刹那可以幻化为永恒。大汉的风情演绎到今朝，那么今日的繁华又怎么不会延续到明天？

当我站在琴台故径，看一片锦绣明丽的风光，看阳光底下滋润生活的人们。恍然明白，两千年的烟云流转，我们并没有虚度时光，而是时光虚度了自己。

第二阕　文殊寻真

或许，蜀地的山水，真的会滋长闲情。不然为何在成都，无论多么急促纷乱的日子，都能过得清闲自在？比如此刻在文殊坊，我采一片白云，可以悠闲做梦，摘一枚绿叶，可以静心参禅。

　　伫立在成都文殊坊的街头，乍看上去，是一片人间纷繁的烟火，待沉下心来，又分明是一片禅林澄净的清凉。人生有百味，走进文殊坊，就看你我如何将闲逸的民俗气息和悠然的禅佛古韵交融在一起，浸泡成一壶清茶，啜饮得有滋有味。

　　这里的阳光像丝绸一样柔软，又交织着微雨的诗意，轻轻地贴在我年轻易感的心里。这个过程，如同花开到花合、月缺到月圆，那样撩人情意，那样隽永绵长。

　　衣襟在风中飘拂，沿街的宫灯、葱郁的树木、如织的人流，都感受到风的暖——一种沁凉的暖，一种沉醉的暖。这含蓄丰盈的仿古建筑、古玩珍宝、餐饮文化、民间工艺，尽显老成都的风情。文殊坊就是这样巧妙地让现代与传统、世俗与禅境和谐地碰撞着，让每一个过客都跌进这温柔的旋涡里，再清澈地醒来。这里的时光洋溢着甜蜜和羡慕，当我羡慕别人的时候，或许已经有别人在羡慕我了。

　　一路上，浓郁的民俗和淡淡的禅意与我擦肩，却又完全地融入心里。是机缘让地北天南的佳客相遇在蜀中，交付彼此自然亲切的笑容，抖落各自生动新奇的故事。置身在这样温软的地方，我以为，人生只拥有一缕阳光，足矣。

　　一幅真实的风景，任是谁都想留住这温情的一刻。假如我是画者，一定传神地将之描入丹青里；我是诗人，一定优雅地将之写在素纸上；我是乐者，一定深情地将之弹入弦音中；纵是个常人，也要执着地将之摄进镜框里。待到年华流走，再来回味，这曾经相逢的景致，依旧青春，一点也不会老去。

　　真的难舍，所幸的是，心可以不必相离。如果还有错过的瞬间，就让我的心深沉地留在这里，永远年轻，永远诗情画意。

　　既是寻真，自是忘不了与这只有一墙之隔的千年古寺文殊院。此时的它，坐落在人间繁华的水岸，似一块刻着菩提的温润老玉，照见众生澄澈的性灵，也照见一片天地人和的清明画卷。

第三阕　廊桥旧梦

　　是否有这样的人，为了怀旧，将还不曾发生的故事，写成了过往。就像来到成都的安顺廊桥，我与它不曾相遇，却想要在此寻找一段遗落的旧梦。不知道，我这样轻轻地走进，到底是一种初见还是重逢？

　　安顺廊桥，一座古典的桥梁，青墙红柱，黛瓦飞檐，悠然地与合江亭相映。府南河在桥下经久不息地流淌，静静地穿过成都的历史风云，人情烟雨。廊桥来过的人很多，记得的人却很少。这里收藏了无数华丽的转身，还有一些清澈的回眸。

桥身若虹，看似遥远，却又很近，它俯视悠悠的碧水，又丈量高远的云天。廊桥，尽管已经在后人精心翻修下，换上了亮丽的容颜，却依旧藏不住那许多的沧桑往事。不知道李白是否在这里打捞过明月，杜甫是否曾在这里凭栏望远，李商隐是否在这里吟咏过巴山夜雨，而这条河流是否与薛涛的浣花溪灵魂相通。

廊桥是筑梦的地方，我们可以将自己的梦寄存在这里，转过春秋数载，再来寻梦。而梦里已然酝酿着一种经年如水的芳香。来过廊桥的人，在这里寻到了自己的梦，到最后还是会选择微笑地别离，因为离去是为了下一次热泪盈眶的相聚。就如同在桥下顺流的船只，它们或许有过停留，却依旧要划向浩渺的云水，去面对朝飞暮卷。

是命运在廊桥上雕琢了深浅的烙印，又将冷暖传递给每一个路人。他们在这里深刻地爱过，铭记着曾经的拥有。那时，他们偎依在桥头，看燕语明如剪，看春光似旧年，看人世风光渐行渐远。

　　韶光真的太匆匆，就在我沉思的片刻，转眼已是灯火炫目。夜幕中的廊桥此刻已褪去天然淡妆，成了一座流光溢彩的水上宫阙。而我却在璀璨的星辰下，感受到一份淡远的宁静。

　　也许有一天，廊桥会老去，可流淌在桥下的府南河会在老去的记忆里，静静地等一场廊桥的旧梦归来。

　　看过了万千风景，此时的成都，还是那么淡雅。薄暮下，它没有丝毫倦意，依旧飘散着淡淡的烟火。请不要为一份热烈而执着地等待，因为，成都的时光永远是闲淡安逸的。今天的离别，只是为了明日的重来，又何须留下一份难舍的徘徊？当我转身的刹那，一朵端雅的芙蓉已在心间徐徐地绽开。

草堂烟云 //

原以为只有生在唐朝，还要满腹诗文，并且有一段机缘，才可以来到杜甫草堂。可就在千年之后，我没有敲叩厚重的门扉，草堂的门是敞开的。带着虔诚的心，便可以豁然迈过门槛，与草堂共度一日时光，共有一种情怀。

在一片幽静的风景里踱步，这古朴的草堂，仿佛蕴藏着历史深邃的记忆，又似乎什么也没有，只是苍茫如水的光阴。此时，我看见一朵白云在微笑，草丛里，还有一只蟋蟀在低吟。

浮云流转千年，那一段蜀中往事，已是风烟俱净。翠竹掩映的青石径，我走过去，只看到韶光的影子。这里宁静淡远，虽处世内，却清雅隔尘，俨然就是失意者灵魂的故乡。当年杜工部为避安史之乱，携家入蜀，在成都营建草堂。他在一场破碎的梦中醒来，尽管睡榻上的余温犹在，可是梦里的故事已经微凉。你带着"会当凌绝顶，一览众山小"的凌云壮志远去长安，却不知为时已晚，唐朝那一幕春秋鼎盛的大戏已接近尾声。

尽管曲江水边的丽人如云，长安酒肆的诗客满座，贵妃额前的花环依旧耀眼，可大唐天子已不似当年那般光芒万丈。一匹瘦马驮着沉甸甸的理想和抱负，连尘埃都轻扬不起。紧闭的侯门，让你深味"冠盖满京华，斯人独憔悴"的寒凉。柳长莺飞的长安，金碧辉煌的长安，满足了多少男儿宏伟的心愿，又将多少男儿的梦想粉碎成尘。

尽管那么不甘愿，可是面对命运的淹煎，长安的沦陷，你只能将浮名抛远，归醉蜀地，落魄荒原。你不似谪仙客，虽然梦碎长安，却依旧可以任侠江湖，可以乘云驭风，俯瞰这战火人间。又不似陶潜，历经宦海浮沉，彻底归隐南山，独守那几亩田园。你当年的草堂是这样的吗？

幽篁阵里，柴门半掩，你瘦削的笔尖，依旧要一笔一画雕刻历史凝重的诗篇。这简陋的茅舍，怎承载得下那浩瀚的天下物事、家国之怨？你希望这草堂陋室，能成为广漠大厦，可以庇护天下寒士，百姓万千。可是大唐的盛世风华，似东流之水，在长安的故道，越行越远。

既是吟唱了"白日放歌须纵酒，青春作伴好还乡"，又为何不放下寂寞江山，遨游于万里云天？既知"文章憎命达"，又为何放不下纸上功名，依旧热血沸腾？这位才耀千古、心系万民的诗圣，注定忘不了长安繁华的昨天，经不起平淡的流年。

虽寄居草堂，仍豪情不泯，不肯酒中求安，醉卧庭前。在如豆青灯下，他披衣而坐，负手云涛，笔横秋湍，文成万卷。向晚的柴门，可以看尽人间芳菲，那轮落日，还可以点燃他风雨飘摇的人生吗？

断翅的白鸥，不能任自翱翔；脱去了征袍的将士，不能驰骋疆场。只给他一叶扁舟，便找到了天涯深处的归宿。茅屋草堂，虽然清简，却自有它的风骨。此时的杜工部没有年少时的裘马轻狂、意气风发，只是一位尘霜满鬓、瘦削清峻的老者。

也许是成都的柔软时光、草堂的明媚春景，渐渐地抚平他心底沧桑的皱纹，不然又怎会伫立在浣花溪畔，吟咏"两个黄鹂鸣翠柳，一行白鹭上青天"的清新诗行？踱步在草堂的水槛溪畔，

岁 月 静 好　　现 世 安 稳

仿佛还看得到当年杜甫凭栏垂钓的身影。那烟雨石桥，有谁折梅
而过，蹉跎了似雪白云，又辜负了短松明月，只为留下这一缕隔
世的寒香？

　　溪水迂回，仿佛在丈量诗人曲折的命运。那双垂竿的手，
钓过碧水，钓过闲云，却依旧放不下那支如椽大笔，济世之心不
减当年。就在这清幽草堂，在这隐逸的时光里，杜甫的诗作却如
长河激浪，席卷历史风云，敲打社会民心。汪洋笔墨，醒透如深
潭，照得见河山万物、生灵境况，却难以在一片贫瘠的土地上逆
转乾坤，在险峻的危崖边力挽狂澜。

　　多少个黑夜来临之际，一次次将心灯点亮，只为等待那不远
的黎明。在草堂明明灭灭的光阴里，他忘不了当年开口咏凤凰的
豪情，忘不了致君尧舜上的抱负。纵是一生不得再回长安，也不
肯虚度日月，耽误春秋。只在这草堂陋室，将朴素的生命研成墨
香，让天下苍生品尝出百味人生。

　　苍郁古木之下，眼前的竹篱茅舍，溪流环绕，无比简朴清
凉。虽知道这不是杜甫名篇《茅屋为秋风所破歌》里的那几间茅
屋，却又分明是这般亲切。倘若这茅屋盖在了别处，同样是这
一草一木，却又无法酝酿出此间的味道。因为这里流淌着唐风

遗韵，只有在杜甫草堂，在诗圣的茅舍，才读得出"安得广厦千万间，大庇天下寒士俱欢颜"的崇高境界，读得出杜甫济世悲悯的宽大襟怀。惊心动魄之后，是一片翠竹清风的宁静。篱院、菜圃、古井、石桌，这悠然的田园之景，虽不曾相见，却已相识千年。

"花径不曾缘客扫，蓬门今始为君开。"透过简洁的木质窗扉，看到柴门里素朴幽静。在这个远离纷扰的草堂，千年前一定也有过这样一幅安逸恬静的画卷。杜甫和旧友严武在桌前品尝佳酿，他的老妻在炉边温酒，小儿女倚着栏杆垂钓。

芭蕉舒卷，竹影摇曳，还有一只秋蝉忘记吟唱，只看他们对酒欢颜。而此时的我，只愿做个草堂的邻翁，拄着竹杖，别一壶老酒，轻叩柴门，说道：老朽自带陈酿，共饮几杯，可好？这时的草堂，停止了不合时宜的感叹。而诗圣的那场长安旧梦，也在倾斜的酒杯中，一醉不醒。

草堂最终没能成为杜工部生命的家园，他始终属于烽火人间，注定飘蓬辗转。他走了，带着一颗牵挂黎民苍生的心，离开了这简陋的草堂。不知道，那一次走的是不是这条红墙夹道、修竹掩映的小径。不知道，那一年的漂萍逐水，又老去了多少年华。

只是这一去，便再也没有回来，而草堂却成了他灵魂永远的故乡。无论是千年后，或是再过千年，来过的人，或是没有来过的人，都知道，这成都的草堂，曾经住过一位诗圣，叫杜甫。

别了，这草堂里匆匆的一日韶光。应记得，柴门共饮梅花酒，天涯归路与君同。

浣花草堂

是飞燕从唐时衔来的几片芦苇

是时光从千年捎来的一剪记忆

浣花溪畔的草堂

早已被那个叫杜甫的诗圣

写成一本简约的诗集

花径　柴门　水槛　石桥

这么多朴素的风景

足以慰藉那一颗不合时宜的心

竹篱茅舍

打开宽阔的襟怀

庇护万千寒士

那时成都闲逸的山水

远胜过长安辉煌的梦想

可以教白云垂钓

可以邀梅花对饮

简洁的桌案上

搁浅了一杯老妻温的佳酿

古朴的栏杆边

垂放着你和稚子的钓竿

棋盘上

还有你当年

和好友没有下完的一局棋

千年前

成都草堂是这模样

千年后

成都草堂还是这模样

无论诗人来过

还是走了

草堂永远是他灵魂的故乡

无论你是归人

还是过客

那蓬门

始终为你敞开

一座举世瞩目的皇城，曾经那么霸气地傲视天下，叱咤风云。如今只是一座虚空的城池，寂寞得只能看到自己的影子。守着这座皇城，会发觉，被掏空的只不过是一些时光错落的碎片，丰盈的却是如水的记忆。

一切成败都有定数，帝王有帝王的宿命，皇城有皇城的因果。历史就像是一部无字的经书，摆放在岁月辽阔的桌案，需要用一颗禅心来解读。我们在注定的轮回里，看客来客往，缘起缘灭。看锣鼓喧天的舞台，如何演绎一段从容老去的京华遗韵……

第七卷

岁 月 静 好　　　　现 世 安 稳

皇城北平

走进
紫禁城

这是一个需要携带激情走进的城市，这是一座需要携带勇气走进的皇城。你将喧嚣抛在身后，留下一片纯净的思想，紫禁城已向你张开博大的襟怀。这座皇城在历史时空风云浩荡，用大气辉煌铸就了显赫与威望。仿佛一粒尘埃拂过，便纷呈万象；一点墨迹滴落，便肆意汪洋。

故宫那道厚重的高门在帝王的背影中关闭，又在百姓的生活中开启。昔日被皇权封锁的紫禁城，如今，平民百姓只需凭一纸印着故宫图案的门票，就可以大步流星地闯入帝王的宫殿，随心所欲地赏阅高墙内的风景。就在你跨越皇城那巍峨壮丽的宫门，迈进深宫那至高无上的门槛时，故宫的记忆似冰河破裂，刹那间在历史的河道奔腾翻滚，一泻千里。

曾经辉煌显赫的紫禁城，尽管如今依旧璀璨纷繁，却成了一座虚空的城池。白天有喧闹的过客游走，夜晚却是亡灵的影子徘徊。二十四位皇帝陈列在史册里，在曾经专属于他们自己的那片天空叱咤风云。而一代又一代的文武百官、后宫嫔妃以及宫女太监只不过是飘荡在故宫的粉尘，一阵微风便可以将其吞噬殆尽，后人在透明的幻影里还能寻觅到什么痕迹？只能在琉璃瓦、汉白玉石，以及万千条赤金的腾龙和无数代表吉祥的饰物中依稀看见当年华丽的影子。

明崇祯皇帝的龙床余温尚存，李闯王已破城而入，在热浪蒸腾中坐上了龙椅。草寇击败了帝王，粗布换成了龙袍，然而他也不过是紫禁城一颗闪烁的流星，用热血划过一道鲜红的印记，最终灰飞烟灭。陈圆圆甚至还没来得及给李闯王跳一曲霓裳羽衣，八旗壮士已似流沙般奔泻而来，将李自成的帝王之梦席卷一空。

万种天风狂骤，黄尘湮没了古道，硝烟弥漫了战场，饮血的刀剑将河流斩断，将山峦劈开。拽紧欲望的缰绳，高举权势的旗帜，用荒蛮野性战胜王者至尊，从此告别贫瘠的塞外，在文明的疆界里坐拥河山，君临天下。雄风劲吹的大地，连懦弱都是坚决的，烈焰焚烧的天空，死亡亦是悲壮的。

岁 月 静 好　　现 世 安 稳

　　纷乱过后是平静的祥和，大清皇帝的龙蟠御辇装载着贵胄与荣华，在紫禁城行驶了几百年。鼎盛之后是黯淡的沉寂，从几时开始，八旗子弟抛弃了战马，丢掉了刀剑，沉湎在温柔富贵乡里遛鸟唱戏，赌马斗蛐蛐。在压境的坚船利炮面前，那丧失斗志的高头战马还是草原飞扬的铁蹄吗？那消融雄心的八旗子弟还是塞外呜咽的苍狼吗？

　　江山不是铁铸的，皇城不是铁铸的，大清的国土也不得不屈服于列强的铁蹄，无论是命定还是天数，当大清最后一个帝王溥仪被逐出紫禁城时，故宫就真的是一座亡灵的城池了。偌大的宫殿只留存破碎的记忆，每一天，都看得到历史的烟云在紫禁城的上空弥漫，无影无痕，却又挥之不去。

　　褪去荣光的紫禁城隐没了当年的霸气与庄严，你可以堂而皇之地走进金銮殿，肆意地游览当年帝王举行朝会与盛典之地。太和殿、中和殿、保和殿是外朝中心，也是故宫三大主殿。大殿内装饰得金碧辉煌，庄严绚丽，雕花镶金的朱门，柱上的蟠龙似要腾飞而起。雕龙宝座上的历代帝王，连同他们的霸业早已退出历史舞台，只留下一抹没有温度的华贵背影和几声遗憾的叹息。

　　春秋数载，乱云飞渡，多少英雄为争这把宝座，血溅易水，埋骨荒山。莫说是坐上龙椅，统治天下，就连故宫的红墙都无法攀越，已随着倒塌的旗杆，战死途中。他们的宏图大志终究高不过紫禁城的云天，历史上没有一场争夺不动魄惊心，狂舞之后，留下的又是怎样的一种觉醒？

真实的历史是不容许有谎言的，就像紫禁城的乾清宫，清澈坦荡，将混浊的世象看得清清楚楚。殿堂上悬挂着一方写着"正大光明"的镶金大字，它没有一双饮恨苍天的眼睛，只是清如明镜，照彻着恢宏的过往，如今被琉璃的寒光划破，曾经滔滔水流不止的帝王河道，已经干裂。可还有一个卓绝的拓荒者，铲去华美的废墟，灌溉热忱的血液，还给河流一泓明澈的清澜。在这巍然庄严的朝堂后面，又有花团锦簇的宫殿，藏匿着天之骄子的绝代红颜。

紫禁城粉饰了一道华贵的高墙，禁锢着妩媚柔艳的诱惑，又锁住了孤独凄清的灵魂。也曾旖旎万端的坤宁宫，如今是这般宁静，母仪天下的后宫之主，在漫长的一生中又得到过帝王的几度怜惜？都说温柔软化雄心，富贵断送追求，当帝王厌倦了杀伐屠戮，又怎能不眷恋六宫粉黛的温软？红颜一笑抵得过万马千军，有多少卓然不凡的君王将博大辉煌的江山沦陷在一只浅窄酒杯中？

御花园是一座人间乐园，富丽堂皇的亭台楼阁、水榭轩落，仿佛要将天下瑰丽的景致都占尽。御花园是迷宫，整座紫禁城都是迷宫，走进去的人会不经意将自己迷失在龙飞凤舞、莺歌燕语的幻境里。据说整个紫禁城的建筑布局都是遵循星象而陈列的，九千九百九十间房屋，就像九千九百九十颗星辰，星罗棋布地镶嵌在紫禁城的天空，你以一个外来者的身份无端地闯入，又怎么可能不迷路？

闪烁的群星中，那个披着龙袍、光芒万丈的人，就是帝王，他是故宫里唯一的太阳。只是这个太阳，虽有群星笼罩，却无法将温暖洒向每一个人，他在万星丛中傲然地孤独着。这些意态纷呈的美丽，被画匠融入丹青里，被文人写进水墨中，被艺术家绘进瓷器里。只不过，紫禁城的灵魂已经被掏空，只剩下琉璃彩金装点的外壳，支撑着这浩大的皇城。

落日楼头，是谁将栏杆拍遍，那朱红的门环，还留有哪个帝王的手温？思想像一匹孤马，你追忆着过往，却忽略了现在，行走于现在，又丢失了过往。走过寂寥的冷宫，不再为红颜留下铿锵的叹怨，彷徨在玉石的阶梯，不再为帝王留下磅礴的抒情。

天地间是一片亘古的肃穆，奔腾的血液在寂静中渐渐舒缓平和。那恣意泼洒的水墨已经冷却凝固，连同纷扬飘散的尘埃也找到了归宿。此时的紫禁城无比深邃，深邃得可以容纳万千世界；又无比寂寞，寂寞得只剩下时光的影子。

　　仰望星辰，紫禁城的月亮被谁摘去了光环，却依旧圣洁宁静。勇敢地走出空城，用一颗明亮的心去创造奇迹，来迎接盛世太平。当过往在星空流转，美丽如潮水徜徉时，黎明的脚步已经近了，一轮璀璨的朝日会喷薄而出，照彻祖国的壮美山河。

颐和园的山水画境

来到北京的人，总是会让自己陷进那雄浑的历史风云里，尽心赏阅皇城景致的威严与壮观，而不经意地忽略了北京亦是一个滋养闲情与风雅、蕴含诗意与浪漫的地方。有这么一处山水画境，含有皇家宫殿的富丽显赫，又有西子湖畔的风情妖娆，还有苏州园林的端雅天然。它就是颐和园，一座尽显王者之风，又容纳江南水韵的皇城园林。

它如同一位卓绝不凡的君王，受天眷而不骄纵，在冠盖如云的宫廷独自高贵。它宛若一位绰约风姿的佳人，落凡间而不媚俗，在百媚千红的花丛中独自优雅。它恍如一位清远俊逸的高士，处红尘而不世故，在风起云涌的乱世独自淡然。就这样傲立于天地，端然在水上，大隐于市中，平淡地看着万千过客来此游赏，而后将之深深收藏，并且终此一生不忘。

　　被封建王朝囚禁了千年的灵魂，在新中国明亮的召唤下得以尽情释放，似和暖的春风，拂过沉睡的大地山河，古老的文明在晨曦中苏醒，如同一位沧桑的老者在一夜之间风华正茂。那一轮金色朝霞，凝聚了饱满浩然的力量，以大国崛起的姿态傲视风云，屹立东方。此时的京城，物华欣欣，一派风流，有燕赵之豪迈，易水之高歌，又带着南国风情的清越与端雅。

　　当你走进颐和园，在一幅宫廷画的山水里肆意流连，又怎能不感叹当年皇廷画家是怎样地独具匠心，可以用如此精妙生动的线条勾勒出这浓淡有致的油彩画来。清朝消失了，帝王不见了，画匠遁迹了，只留下这位迟暮美人，虽看尽兴衰荣辱，却韵致犹存，风情万种。

　　走进当年无上尊崇的东宫门，在仁寿殿和乐寿堂徜徉，仿佛闯入清朝某个帝王一场荣华的梦里，他刚被惊醒，而你却开始梦着。朱红的门楣房檐，用油彩描绘着锦绣图案，无不彰显着富贵与荣耀。这是龙的王国，它们被精巧地雕绘在宫殿各个方位，栩栩如生的形态好像趁你不经意时就要腾飞，褪去这画中虚境，告诉你，它们是有气血的王者，以龙的精神驰骋风云。

那身着龙袍、头戴王冠的皇帝是乾隆还是光绪？他们同为至尊，却有着不同的命运，无论是霸气还是懦弱，都只剩下如风背影，是非成败任由后世评说。君临天下，治理河山，需要帝王气魄，磊落胸襟，还要修磨心性，倾注柔情，甚至还要探索宇宙，了悟禅理。风烟浩荡过后，是深邃的平静，而后人便可以在这帝王的园林里，毫无顾忌地叩问历史，悠闲自在地搜寻故事。

人处浩荡的尘世间，看万物起落，总是想找寻属于自己的洁净的灵魂。登临万寿山，就是借大自然清凉的气韵涤荡心智，任思绪在寥廓的长空飞扬，俯视河山壮丽，看尽风云万里。这是一组傲立东方的皇家建筑，横亘在万寿山，气势雄伟，巍峨壮观。仿佛一缕清风拂过就可以荡气回肠，一片白云飘游就可以浩渺无穷。

停留在佛香阁，感受千古帝王在无尘禅界追求醒透，于灵台清澈的佛境，得以明心见性，又该是怎样的一种福慧圆满？伫立山顶，万象烟云集聚，只有用自身的渺小去见证自然的博大，才能领悟智慧如海的宽阔，激荡沉涛的气势。远眺北京城，是一幅绮丽繁华的画卷，天下百姓共浴盛世和煦。俯瞰昆明湖，是一块镶嵌有边的美玉，静静地安置在颐和园，收藏着帝王心底那一抹柔情暖意。

　　登高不免广寒，临水则能清心。赏阅过万寿山大气浩荡的风景，则要收卷跌宕起伏的心情，在一片澄澈无波的湖水中沉静。激扬顿挫方显气概，清明如镜可见心性。摒弃漫天的浮尘，忘记沉重的历史，将身心浸润在一湖清水中，用风情扫去雄浑，用诗意洗彻苍凉。昆明湖是皇家园林中最大的湖泊，丰盈的湖水足够供帝王与嫔妃净洗灵魂，舒展经脉。

　　堤岸的垂柳让你感觉置身于西子湖畔，潋滟的水光划过一场江南的绮梦，在这豪情万丈的北国欣赏湖山的浪漫与温柔，又怎么不让人心意缱绻。这种刚中带柔、柔又克刚的力量远胜过寒冷的刀剑，无须厮杀，就已蚀骨销魂。当年的帝后泛舟昆明湖，在蜿蜒的河道，转过山重水复，度尽柳暗花明，借湖水滋养情怀，洗濯人生。如果有缘，还能在昆明湖这块碧玉上看到他们湿润的影子，尽管隔世，却风采如昨。

　　从一场澄净的梦中登岸，又会被眼前逶迤的曲径长廊迷醉。一个人的心，原来是世界上最柔软的地方，一片落叶，一滴水珠，都会酝酿无尽的遐想，滋生潮湿的感动。这端庄典雅的古老建筑，是一条通往历史文明的古道，你只需行走在长廊，便可以纵情穿越千年风景，从明清到唐宋，乃至魏晋，甚至更遥远的年代。

岁 月 静 好   现 世 安 稳

　　因为廊顶和梁柱间绘满了绚丽斑斓的图案与花纹，除了花鸟
飞禽，山水人物以外，更蕴藏了许多的历史故事、神话传说。画
廊就如同一部史册，你读着典故，全然忘记自己身在哪个朝代，
又是否走得出来。画笔勾勒了情节，油彩粉饰了沧桑，这些宫廷
画师，倾注了多少感情，才得以让这些图画流淌着生命的血液。
它们可以在任何一种幻觉中复活，演绎着过往多姿的岁月。那些
发生过的故事，浸在水墨里，随着流年生长，让后人在凝聚的风
云里，看到中国人的精神、中国人的秉性、中国人的风骨。

　　记忆是挂在天上的明月，是沉在湖心的静水，它会隐藏，却
不会流失。游走在颐和园的后湖景区，眺望两岸一条仿江南水镇
的苏州街，想象着当年帝王对南国水韵的向往、对市井生活的渴
望，这样富丽的闲趣，却让人心生怜意。

　　一个坐拥天下的帝王，却未必有平民百姓过得自在安逸，殊
不知生活的富贵并不能填补心灵的贫瘠。他将皇家园林的辉煌气
派改建成江南园林的秀逸清雅，是想放下厚重的王权，换取平凡
的幸福。然而命运可以创造，却很难改写，用富贵交换富贵是更
加富贵，用虚空取代虚空却是更加虚空。一旦陷进生命的轮回，
纵是智者，也很难清醒地走出来。

　　在人生的旅途中，有人太早看透，有人又觉悟太晚，到最后，都会回归到终点。感性的人说，先有开始才有结局；豁达的人说，先有结局才有开始。无论你属于哪种人，都算透彻地明白自己的行程了，每一条都铺满了希望，只等着你去追逐，去超越。你借着万寿山的风灌输豪迈，借着昆明湖的水浸润柔情，借着长廊的画丰沛思想。走出颐和园，是一种充实的开始，还是一种短暂的结局？

　　你看，时间仍在，飞逝的是这些在光阴中流转的人物。

穿越长城

是一条沉睡在华夏大地的巨龙，是一个屹立在万古青山的王者，是一条横跨在历史时空的河流。它横亘古今天下，驰骋云天万里，造就了一代风云霸主，承载无数热血英雄。当年这条气吞河山的巨龙，如今只是一位装载了民族记忆的老人，它深邃而沉默。

一座失去了锋芒的长城，熄灭了战火的长城，停止了呐喊的长城，我们还能在它额前沧桑的皱纹上，找寻到昂扬的斗志、翻滚的硝烟以及富饶的文明吗？

当然可以。你看它似腾飞的巨龙，用不可企及的高度俯瞰众生，傲视皇城。你看它似振翅的苍鹰，以旷绝于世的气量划过云霄，吐纳烟云。这是炎黄子孙用热血浇铸的长城，这是中华儿女用骨肉堆砌的长城，它可以沉睡，却不会死去；它可以缄默，却不会麻木。

你是一个现代的旅梦者，朝它一步步走近，无须宝马利剑，无须长缨弯弓，只推开这坚固的城墙，便可以抵达彼岸的风景。它会向你细诉那些退隐在岁月帷幕后的故事，无数风流王者，金戈铁马、逐鹿中原的故事；无数折腰英雄，横骋疆场、碧血黄沙的故事；甚至还藏隐着许多情长儿女，肝肠寸断、催人泪下的故事。

只有走出人生狭小的井天，才能看到苍茫绝域的风景。登上长城，是为了拥有一份高瞻远瞩的襟怀；脚踩大地，是为了守候一份平和沉稳的坚实。当你行走在砖石铺就的阶梯，抚摸着还有温度的城墙，遥想隐隐弥漫着硝烟的烽火台，思绪如海浪汪洋，滔滔不止。

是秦始皇开天辟地，在泱泱大国的土地上建筑长城，用一道城墙划分礼仪之邦与蛮荒之域的界限，用厚重的城墙巩固他的帝王之梦。这便演绎了孟姜女哭倒长城的动人传说。想要造就一座绵延万里的长城，就必然要承担其间的耗损与牺牲，是非功过自

岁 月 静 好　　现 世 安 稳

有历史见证。古来成大事者不拘小节，当披荆斩棘，策马扬尘，方能收复更广阔的天地。秦始皇凭着他过人的才智与谋略、锋芒与霸气得以一统河山，而万古长城在大秦沃土上树立了一座不朽的丰碑。

一座跨越巍巍群山的长城，从此牵引出无数横空出世的君王，各路英雄相继而起，争斗江山。秦皇汉武、唐宗宋祖，乃至那射雕的成吉思汗，谁不是在马背上得来的江山？到后来大明的江山又被入关的大清夺去，那时的长城已敌不过努尔哈赤率领的八旗铁蹄。城破壁倒，又铸就了多少热血男儿，那些英雄似星辰般镶嵌在历史的天空，如记忆雕刻在长城的墙壁上。

当年明崇祯皇帝杀袁崇焕，甚至被后人说是自毁长城，事实又真的是如此吗？朝代的更迭有如日夜的交替，恰好崇祯的江山辗转到了黑夜，行至危崖绝壁，谁还能力挽狂澜？此时的长城成了明朝不攻自破的道具，它是一条真正沉睡的巨龙，需要时代的风云将它唤醒。凝固之后还会冰释，涅槃之后更加年轻，我们当以清醒、理性的思想来看它无悔的今朝、当世的辉煌。

都说不到长城非好汉，当你伫立在城墙，看群山起伏，巨龙蜿蜒，难道你就真的成了英雄吗？这样的太平盛世，实在让人珍惜，乱世之中，要登长城，需经历多少血腥的搏斗，刀断剑残，也未必可以站立于此，看神州大地一片豪迈。如今你不仅可以大步流星地攀越长城，还可以对历史高谈阔论，甚至可以对着茫茫河山高呼，你是英雄，因为你登上了长城，你踩着巨龙的身子，俯视朗朗乾坤。

是的，这当然也是英雄，做英雄未必就要流血牺牲，这是一个可以脱去征袍、醉心游览祖国疆土的年代。回探过往，当年秦、赵、燕在北方修筑长城，是为了抵御匈奴、东胡南侵。而今的长城，是存放古老民族记忆的地方，是维系进步文明的纽带，它以龙的长度丈量历史，它以龙的精神屹立东方。所以，你可以放声高歌，青山的回荡是掌声，黄河的咆哮是喝彩。

一座万里长城，是一部文化史册，你两手空空而来，却可以满载而归。然而长城又是一部无字之书，摆放在中国北部辽阔的桌案上，让看风景的人带着心灵来解读。你触摸到的城墙、箭垛、烽火台就是文化，那些厚实的建筑、精妙的布局，以及雕饰和绘画都是艺术。还有飘荡在风中"秦时明月汉时关"的诗句，高挂在云端的水墨画卷，都在告诉你这古塞雄关的壮丽与庄严、这九州大地的辉煌与博大。历史是明镜，再扑朔迷离的故事都可以照得清朗，它将长城这一路铺陈的变幻风云，都照得透彻、明白。

　　人生是一种挑战，而万里长城会激励你心中的血性与英雄气概。这条巨龙，因为沉睡太久，岁月在它身上雕琢了太多的痕迹。远眺时，你看到它巍峨壮观，霸气威武；近观时，你看到它鳞片剥落，厚重沧桑。尽管长城横跨穿越许多省市，而北京在世人心目中却是离长城最近的一座城市。这是个生长帝王、英雄辈出的城市，浓缩了中国历史最精华的往事。

　　至今八达岭长城还有后人不断地在增添新砖，修补被时光风蚀的印记。只是修补之后，还能复原到从前的模样吗？长城是历经不同朝代建筑锤炼而成的，想要回复当初，除非时光流转。历史上有相似的故事，却没有相同的战争。怀旧是人生的美德，创新却是精神的超越。长城曾经义无反顾地保护着华夏儿女，如今它同样也可以享有中华民族至高无上的尊荣。它是王者的象征，是英雄的象征，是民族的骄傲，也是中国人的骄傲。

　　长城就像一条凝固的河流，它的沉默，不是落后，不是保守，更不是封闭，而是一种深邃的坚韧，静静地守护古老文明。当知无声之地胜有声，不留名处自留名。而与之遥遥相望的京杭大运河，反而被光阴冷落，已不见当年百舸千帆的繁华景象。同为君王，秦始皇力扫六国的霸气远远超越了隋炀帝荒淫无度的罪恶，然而隋炀帝开拓大运河的浩大工程并不输于秦始皇修筑长程。尽管动机不同，却给后世的繁荣鼎盛带来近乎相同的意义。

有时候，对与错、兴与衰之间有着模糊的界限。浩浩天下就如同一盘棋局，一着不慎，满盘皆输。有多少完整的破碎，就会有多少柔软的刚强。当隋炀帝梦着江南水岸、冷月梅花的清越，秦始皇却怀念大漠边疆、层云万里的豪情。无论成王败寇，都散作漫漫烟尘，在历史的天空画上深浅不一的句号。

在这座无字的城墙上，你还能触摸到什么？透过石头的寒冷去触摸帝王的温度？透过古砖的纹络让流逝的历史重演？大概有许多种声音在叩问，这伟大深厚的长城，有一天也会逃不过命运的诅咒，在激浪的历史风云里轰然倒塌吗？ 我们当以理性坦荡的心态面对沉浮，顺应自然。要相信，这世间还有不死的魂魄，如那些封锁在时光里的英雄，如这条蜿蜒于青山之巅的巨龙。

卧薪尝胆之后，又可以指剑问江山，煮酒论英雄。

圆明园
绝响

每一个来到圆明园的人，所看到的都是相同的风景，那就是一片被战争烟熏火燎后的断垣残壁。当然，这是用眼睛肤浅地去看。如果用心灵深邃地去看，看到的则是一座海市蜃楼。时光是幻影，可以让记忆破碎，也可以让记忆重合。

这座曾经被赞誉为"万园之王"的圆明园，从失火的那天开始，就在历史的心口烙下了不可磨灭的伤痕，连同北京城乃至整个中国都被灼伤。你脚下的石头还留有被烈焰焚烧后残余的温度，空旷的原野含有一种被掏空的清醒。弥漫在圆明园上空的烟火，呛得你不能纵情快意地思想。有时候，做一个深邃的人，却不如做肤浅的人淡泊沉稳。

圆明园曾经是一座富丽堂皇的人间天堂，可是天堂失火了。失火后的圆明园是一盘散乱的残局，昔日的帝王在这里负伤而逃，还有谁可以反败为胜？它不再绝世独立，不再国色天香，从被毁了容颜的那一刻开始，就注定不能倾城倾国。一位脱去了龙袍、摘下了王冠、丢失了权杖的帝王，还能君临天下、叱咤风云吗？上苍夺回了他呼风唤雨的权力，从此连做一个平民百姓的资格都没有了。也许曾经拥有王者之风的圆明园，不屑于做一个平凡人，活着时辉煌鼎盛，死去也要灿烂成灰。

当你为它惋惜，为它心痛，为它悲愤时，它却傲然地清醒着。玉石俱焚之后，残梦犹存，所以它一点也不孤单。在风烟平静的日子里，守着这片废墟，守着空中楼阁，感叹追忆，甚至想方设法地想要旧梦重温。这是历史上一次漫长的月食，只是沉沦过后会有更清澈的月明。

都说云烟过眼，可是分明可以在堆砌的石头上找寻到往事遗落的影子。这一片广漠的空间，依稀还能闻到残余的王气。奇珍异宝被洗劫一空，雍容华贵被残缺、破碎取代，流干了血的圆明园，只有灵魂没有被掏空。在尚存的灵魂里去搜寻昨日光影，让枯朽的圆明园在如水的记忆中渐渐丰盈。

岁 月 静 好　　现 世 安 稳

　　圆明园诞生在康熙年间，成长于雍正王朝，风华在乾隆盛世。雍正帝还对"圆明"二字有过明澈的诠释：圆而入神，君子之时中也；明而普照，达人之睿智也。喜欢看林海雪原、大漠风情的满族人，一时间住进紫禁城，被红墙绿瓦禁锢，心生厌倦与烦闷。于是广征田地水域，在京城郊外修建园林。

　　圆明园建在北京西郊，一块园林荟萃之地，仿佛隐藏了皇族的龙脉，令各代帝王倾心钟情。当初建园的康熙帝并不会想到圆明园会演绎到那样繁盛的景况，更料想不到，百余年后的大清盛世会遭遇这样一场劫数。水满则溢，月盈则亏，来时如潮涌，去时如潮灭，这场不可一世的浪潮在乾隆盛世得到空前绝后的满足，也是在他的王朝里逐渐消退的。如今我们只能在历史的图腾上重温那段圆明春梦，流年能给我们的就真的只有这么多了。

　　历史的涛声依旧，划桨而来，一定可以打捞起沉陷在时光深处的碎影。伫立在废墟的石头上，抚摸西洋楼遗痕，透过浩荡的长风，将圆明园碎落的记忆组合。不复存在意味着曾经存在，只要你带着一颗圆融的心来，就可以将堆砌的碎石、伶仃的旧物在心中复原，复原成当年的旷世盛景。

　　圆明园是一座集欧式园林和中国古典园林建筑于一身的皇家

园林。有著名胜景四十处，吸纳天下园林之精华，采撷自然万物之妙味，蕴含世间风云之情韵，其传奇与神圣、宏伟与壮观之处是用文字与画笔都无法描绘的。只有透过豁达明朗的思想，穿越精神广阔的领域，才能看尽天下物事，看尽圆明园风光。

你看到一座海纳百川的万园之园，又怎能不惊叹于民族文化的博大与精深？是用怎样鬼斧神工的技艺才能创造雕琢出这般独立于世的园林？在残败的烟云里，并不能忘记它当年有过的鼎盛和富饶。或许只有康乾盛世才会有这样坚实的气魄，用黄金研成水墨，泼洒出一片璀璨的天空。

拂开阻挡在眼前的荒草斜阳，圆明园已在无数游客的热忱召唤下魂兮归来。勤政亲贤殿里还看得到雍正帝低头批阅奏章的身影，这位信奉佛教的君王可曾在蓬莱瑶台修道参禅？那金碧辉煌的西洋宫殿里可是乾隆为香妃建筑的爱巢？这位冷艳绝色的佳人被囚禁在一场皇室繁华的梦中，直到死去，灵魂还能散发出奇异的芬芳吗？

黄花阵里，一盏盏莲花灯照亮了大清煌煌的天空，当乾隆帝沉醉在迷宫的愉悦里，又可曾猜测过世象的迷离？在王朝风华的巅峰，纵是帝王也不能未卜先知，他所能做的只是抱红倚翠，抒尽平生快意。于是他在荷花池里，轻轻挥一挥桨，便来到江南，看到了杏花烟雨，看到了庭院深深。

江南诸多园林与名湖似水墨般早已泼染在圆明园的画境里，烟雨打湿了乾隆的龙袍，荷露湿润了香妃的裙衫。当明月沉在水中，他们可曾知道大清的梦很快就要被那些漂洋过海的西洋人给惊醒？原来，此岸与彼岸的距离仅是一水之隔。

当灾难似潮水般涌来时，纵然你躲进蓬莱瑶台的禅佛仙境，藏进桃花源的武陵春色里也会被淹没。这座包罗万象的圆明园，可以拥有世界之最，脆弱时却抵不过一点火苗。英法联军破园而入时，咸丰帝却在仓皇逃离的路途中。八旗铁蹄总算明白了长矛和弓箭抵不过洋枪洋炮。马受惊而逃，被炮火烧焦的战旗碎散，英法联军踏着清军将士的尸体前行。

圆明园如一张薄纸，他们不费吹灰之力就长驱直入，将皇家收藏的万千珍宝洗劫一空，最后放了一把大火，点燃了大清帝国的天空。若不是切肤之痛，昏睡百年的大清王朝或许还不能如梦方醒。可是此刻的苏醒，是否已经太迟？他们只能在惨败的棋局中举行一场悲痛的葬礼，之后黑暗的依旧黑暗，疼痛的依旧疼痛，愚昧的依旧愚昧。

这祸当真是乾隆惹下的吗？当康熙意识到西洋文化精进发展，终有一日为中国之患时，乾隆还执着地认为大清帝国是世界的王者。他在圆明园恣情奔放，只把江山换了浅斟低唱。你看到乾隆修建圆明园的执着热情，是否会想到秦始皇建造阿房宫，隋炀帝开凿大运河。若不是在史册上画下一笔浓墨重彩，如何可以换取举世瞩目的辉煌？毕竟谁也没有料到，这样伟大的建筑会在一场不曾醒来的梦中失火。

大火烧了三个昼夜不熄，烟云笼罩整座北京城，灼伤了万千中国人的眼睛。大清王朝的懦弱，被圆明园这场大火映照得一览无余。体无完肤之后，谁来为它疗伤？然而没有人为圆明园擦去纵横的血泪，那片焦煳的土地遭遇了更多的摧残。

国难当头时，有多少人走进烟尘飞扬的圆明园，捡拾那些被烟熏过的残砖破瓦，不是为了提醒疼痛的记忆，而是去遮盖自己的庭园。他们不去疗伤反而趁火打劫，是被疼痛麻木了伤口吗？那些践踏过这片土地的人，还能站在朗朗乾坤下说自己是清白的吗？圆明园是无辜的，它曾经被别人伤害，又被自己人伤害。泪尽之后不再悲伤，终有走在时代前端的人将它唤醒，有悲悯的心将它呵护。

岁 月 静 好　　现 世 安 稳

　　大清的琴弦断了，却有人在无弦的琴上弹奏一曲绝响。圆明园真的只剩一片没心没肺的荒凉了吗？不，不是的，它分明有情有义地守护着自己残破的家园。这空荡的园林还有呼吸，这脚下的石头还有余温，你感觉不到吗？也许有一天，圆明园的空白会被填满，再现万园之王的辉煌景象。也许将来的日子它依旧留存荒芜的模样，不是等着你来心痛，不是提醒你去记住什么，只是简单地存在于历史中。

　　暮色四合，皓月当空，当年那轮遥挂在圆明园中天的月亮，也是这么圆。

在北京，时光是一团烟雾，总会给人带来一种幻觉。仿佛连做梦都会梦见与某个帝王邂逅，做梦都需要霸气，需要高贵。所看到的都是宫廷里富丽堂皇的风景，所留存的都是皇室中的记忆。却不知还有一个叫城南的地方，占据了北京的半壁江山，那里汇集了百姓的风俗，珍藏着淳朴的民情。

城南，一个情意深重的称谓，会让人刹那间跌进怀旧的空间里，蒸腾一种古朴的气氛。梦里的帝王成了平民，脱去龙袍就是布衣，卸下高贵回到朴实。你发觉，人生原本就是冷暖交织、五味俱全。在老去的光阴里怀念一段城南旧事，就像在天涯行途里找到了故乡，一样地亲切朴素，一样地感人肺腑。

　　北京的城南，是一本记载了人情百味的线装书，是一张述说着黑白往事的老照片，是一本落满了时光尘埃的民俗画，也是一部演唱着京腔京韵的老戏曲。城南的故事，有的落进茶馆的杯盏里，有的响在戏园的锣鼓中，有的晒在四合院的晾衣杆上，还有的钻进胡同的烟雨里。

　　这里仿佛从来没有过客，走进城南，你就绣在这道原始古老的风景里，感觉自己是地道的北京人，祖祖辈辈生活在城南，生活在皇城的脚下，从来不曾有过离开。于是你拥有了城南人的性格，你坚守着这份古旧的灵魂，不想被潮流惊醒。在历史滚滚的车轮下，城南也有过许多的变迁，可是市井生活中的民心民风一如当年。

　　走进胡同，有如翻阅历久弥醇的往事，一种熟悉的温暖扑面而来。阳光将飞扬的烟尘抖落在瓦片间，你守望着这份被岁月浸染的古老，甚至迷恋于墙角刚刚萌生出的一点苔痕。这样的古巷仿佛没有尽头，有来往的路人与你擦肩，他们行色匆匆，却一生走不出这嘈杂的胡同。

　　那有着一双灵秀眼睛的女孩，可是《城南旧事》里的小英子？她明亮的目光牵挂着童年至真的记忆，一瓣心香打动万千行人。那拉着洋车在风里来去的人可是骆驼祥子？城南人坐在车上做着自己的梦，而他梦着拥有一辆人力车。无论他们的梦是圆满还是破碎，他们都是一群离不开城南的人。

这里汇聚了布衣平民，居住了一些梨园戏子，也不乏贩夫走卒，甚至还有许多的烟花女子。然而，不能因为生命的平凡卑微而扭曲他们的人生，将他们从历史的记忆中抹去。因为陋巷的凌乱中也隐藏着许多贵族的血统、高雅的灵魂。这里收存过雪中送炭的温暖、拔刀相助的情义，沉浸于此，当感染到更多真实的人情味。

这里的烟火很繁密，而你却无法抗拒这样烟火熏染的世俗。伫立于嘈杂的人流中，还可以沉静地思考，发觉这么多年所追求的并不是一份与世无争的雅逸，而是一种素朴和谐的人生。布衣的城南是一个可以安放灵魂，可以托付华年的地方，看似烟尘弥漫，却又将一切置之度外。

一座古老的茶馆会唤醒你内心某种怀旧的情绪，迈过岁月的门槛，看到老舍的影子。茶馆的木质桌椅古旧盎然，却又被客人用光阴擦亮，明净无尘。品尝一壶用故事浸泡的清茶，像是品尝百味人生，那清淡的茶香比浓郁的烈酒更能醉人。

　　在这里，可以尽意地释放郁积于心中的孤独，亦可以在喧闹的人群中独自享受寂寞。这是灵魂的驿站，你可以毫无顾忌地虚度昨天，消磨今日，蹉跎明天，曾经拥有与失去的都不再重要。因为没有谁会与你计较，这一刻，这醺然醉意的一刻，彻底地属于你。

　　在城南，还散落着许多大大小小的老会馆、老戏楼，它们演绎了无数的纷纭故事，关住了太多的梨园旧梦。在城南的戏园里，品味着市井文化，同样透过一块帘幕又可以欣赏到皇城的文化。其实，城南与皇城的距离只隔着一道薄脆的古墙，在同一片天空下，他们甚至可以呼吸相闻。

　　走进城南古老的巷陌，在云水的过往里，追忆一段京华遗韵，寻觅京剧里的英雄。他们用脸谱、唱腔、台步、水袖、身段等舞台艺术征服人心，同时也超越自己。戏曲的魅力是让那些死去的英雄、老去的故事，在戏中得以复活，重新去倾注生命，滋养性灵。

　　一段《霸王别姬》造就了梅兰芳这样的旷世名角，其抑扬顿挫的唱腔、成熟圆润的技艺、曼妙多姿的风采曾经轰动京城。他们在戏台上指点江山，看客在戏台下激扬热情，彼此灵魂争相碰撞，尽现梨园戏馆的无限风光。流年偷换，曾经雄姿英发的名角在四面楚歌的背景中退场，相信经过历史的沉淀、凤凰涅槃之后，他们会在锣鼓喧天的热闹中再度登台。

梨园旧梦自是有情，深深庭院却默然无声。那些掩映在胡同里的四合院，落满了历史的风尘，像是历尽沧桑的老人，平和地讲述着城南的风云故事。这里的院落与江南有些许相似，也纷洒过杏花烟雨，收藏过朗朗月光；却又不同于江南，少有一份曲径通幽，更含一份京城的简洁大气。

四合院的建筑按照中国传统方式采用对称的结构，坐北朝南，东西两侧为厢房。梁柱门窗上也会雕饰一些吉祥的图案，如松鹤延年、喜鹊登梅、福寿双全等。京城的百姓在四合院里养花种草，几世同堂，过着清闲安逸的生活，同享天伦欢愉的乐趣。他们将美好的祈愿插进老式花瓶里，将寻常的故事锁进木质抽屉中，四合院是生命的居所，是心灵的故乡。

在北京，无论是城南还是城北，都聚集了无数座四合院，无论是王族贵胄，还是布衣平民，他们在或华丽或简陋的院子里过着自娱自乐的生活。老舍居住过，鲁迅居住过，梁启超居住过，梅兰芳居住过，齐白石居住过，还有无数个名人和千万个不知名

岁 月 静 好 　　现 世 安 稳

的百姓居住过，四合院仿佛是这里一道不会消逝的风景，在京城，永远看护着他们的梦。

流连在城南深邃古老的风物中，就像观赏生动的民间艺术。那些留存在北京城南的老字号，还有酝酿着京味特色的天桥市场，以及各种老北京的民俗文化，都在京城扎了根。尽管时代的潮流早已似春风拂过整个北京，却不能席卷城南的旧韵。因为清新不能取代古朴，就像高楼不能替代四合院，未来不能替代过去一样。

纵然有一天城南也面临四面楚歌的命运，我们当相信，一定会有一条胡同、一座茶馆、一所戏楼、一座四合院留藏于历史中，尽管遗世独立，却依然清晰地存在，带给世人的是真实的物像，而不是虚幻的回忆。在这个崇尚返璞归真、维护古老文物的年代，又有什么值得让人忧心？我们当在毁灭之前守望奇迹，在失去之前努力珍惜，在畏惧之前选择勇敢，北京的城南永远不会让新意代替古老，让伤痕吞噬欢悦。

有人在城南的阳光下做梦，有人在城南的光阴里寻梦。你在城南讲述着过往的故事，而将来又有人讲述你的故事。在这份古老的美丽里，连轮回都值得欣慰，因为消逝的可以重来，离散的可以再聚。在城南那条幽深的巷陌，不知是谁唱着"长亭外，古道边，芳草碧连天"的歌曲，一首《送别》牵引出沉积在心中的感动，你带着心来，用迷蒙的眼目湿润远方的风景。送别，有易水送荆轲的悲壮苍凉，有折柳寄故人的温暖情义。城南的送别，却是知交半零落的怅然，浊酒尽余欢的清寒。

是谁给城南的旧物镀上日落的色彩，又是谁将城南的黄昏刻上了光阴的痕迹，晚风拂过杨柳岸，夕阳还在青山外。站在人生依依古道，守望城南无言的背景，时光将年华打磨，时光却不曾老去。你看，城南还是当年的城南，旧事还是昨天的旧事。

走近一座城市，或许只需要一个瞬间；解读一段音乐，需要多久的光阴？每个人心中都有一座属于自己的上海滩，于这风情大气的都市里，我们都在寻找一种与音乐文化相关的情结。因为在这深不可测的江湖里，我们都是离岸的船，需要一首渡河的歌，需要一份心灵的皈依……

第八卷

岁　月　静　好　　　　现　世　安　稳

海上重逢

东方明珠

这就是上海滩。一座风起云涌的城市，一座海纳百川的城市，一座芳华绝代的城市。这座城，连空气都充满诱惑，骨子里都透露出高傲，它时尚前卫，风情大气。它是昔日的十里洋场，又是如今的东方之珠。这座城市有着海一样的襟怀，它容纳万千的故事，波澜壮阔之后，又会被温软的柔情倾倒。许多人来到这座城，创造了其非凡的人生。因为，上海本身就是一个传奇。借世博会之机，让我们走进上海，走进上海人美好的生活，看一段倾城的海上风云。

清晨的外滩，刚刚苏醒。雾中的高楼，褪尽了一夜的灿烂繁华，披上了朦胧的色彩。黄浦江畔，汽笛的鸣响，破开平静的水面，将日出江花写成一幕撩人心扉的风景，所有的记忆在顷刻间被打开。那些黑白的影像，还有过往的时光，从来都没有被这个纷繁的城市遗忘。

远处海关大楼的东方红钟声悠悠响起，上海每一天新的生活就是从这钟声开始的。屹立江岸的东方明珠塔，将上海昨天的故事开始续写。人群如潮涌，奔向不同的高楼大厦，他们已经习惯了这样快节奏的生活方式。仓促间，将热情抛洒在城市的每个角落，又感染了从不同地域匆匆而来的人们。

浦江两岸，涛声依旧，每一天都有无数艘轮船在江上来来往往。辽阔的水面，敞开胸怀，默默地听人们诉说各自的人生。他们在这里打捞故事，拾捡心情，放逐梦想。浪里浮沉，多少人在母亲河岸，淘尽离合悲欢。时间却没有给人留下丝毫的伤痕，也不给人有任何失意和慵懒、懈怠和徘徊的理由。

上海带着与生俱来的优势。风格迥异的外滩万国建筑群，让这个国际大都市总是引领时代走在前端。这座璀璨的城市，仿佛只是眨眼就优雅地换上了崭新的衣衫。一旦走进这千姿百态的大都市，没有谁愿意回头。上海的历史融进苏州河的水，一路缓缓流淌。也曾碧波荡漾，一次次冲洗人们的灵魂，擦亮了古旧的记忆，让我们更加清醒地明白，上海这座担负领军重任的城市，用其坚韧的脊梁承担着多少他人的企盼。一个城市的繁华，不会将根深蒂固的性格改变。浓厚而独特的海派文化，浸染至城市每一个角落、每一处缝隙。新的事物可以丰沛思想，也可以让过去沉淀出更醇香的风味。上海的每一天，都可以珍藏在回忆里；上海的每一天，都继续着昨日的传奇。

听一段老唱片，一如上海老爵士把我们带回到老上海的迤逦的当年。那具有东方韵味的爵士音乐，将淡忘了的黑白记忆重新镀上了斑斓的感情色彩。黑色的胶片在老唱机下吱呀出木门蓠窗的淡然。沉浸在婉转的音乐里，怀揣了对这座城无尽的爱。细碎的音符遥远而恍惚，潜入灵魂，总是会不经意地打湿双眼。

老唱机的唱针旋转，恍若时光流转，深情中又带有一种洒脱。而上海霓虹幻彩的生活，就在这流转中延续着。时光似明利的剪刀，总是裁去复杂的章节，留下简洁的片段。徜徉在怀旧的思绪里，又难免被光阴催促，生怕会在转瞬间，抓不住这座城市倏然而逝的身影。

最美的还是夜上海的风情。闪烁的霓虹下，南京路就像一个打扮得新潮时髦的女子，妩媚、招展。绚烂的灯火簇拥在一起，碰撞出亮丽的火花。多少黯淡都会在顷刻间变得妖娆夺目。来往的观光车、涌动的人流、林立的店铺、多彩的灯光，尽现上海的小资情调和大都市的时尚风情。在永安百货公司楼上，有吹萨克斯表演的人。流转的旋律，如同一杯醇香的红酒，让我们温柔地品尝。短暂的沉醉，再回到现实，夜上海依旧，依旧这般倾城。

在上海，沧海桑田也许只是一个短暂的过程。可是清新从来都不会彻底地取代古旧，一种深厚的文化不会被涌动的潮流给湮没。上海是一杯精心研磨、调配、烹煮和尝饮的咖啡，浓郁的芳香弥漫了整个城市，时光已经走远，余香还久久挥之不去。当人们在享受新上海的前卫与繁华时，同时也会回味老上海的妩媚和风情。

石库门的弄堂如同一道悠远的记忆，顾盼悠悠的风景，牵引出旧上海烟火的感动。石库门里弄荡漾着一股老上海的风情，没有装饰华丽的院落，没有姹紫嫣红的风景。然而弄堂深处深藏着百年的老坛，将巷子熏得微醉。几点黄花和青苔，就仿佛鲜活了人生。弄堂其实并不深长，细碎的阳光，却似要钻进人的心里，掀开封存已久的情感。

一朵爬墙的牵牛花，将院里的春色、浮华的记忆，探看无余。半开半掩的窗户，阳台的晾衣杆，老旧的木楼梯，都是这里的主角。那些糯糯的吴侬软语，被唱进了窄窄的阁楼上。弄堂里，一声栀子花、白兰花的轻唤，拂起过往淡淡的清凉。

百乐门的门墙，早已换成了旋转的落地窗。在五光十色的夜景下，像是披了一件华美的旗袍，曼妙的风姿唤醒了沉睡半个世纪的海上旧梦。那些唱着《夜来香》的天涯歌女，又给今天的夜上海画上了一道岁月的痕迹。斗转星移，多少事物，因为上海而沉浮，也因为上海而重生。在上海，旗袍是一道典雅的风景，东方知性的美丽总是让人滋生出无尽的想象。无论它多么古意，这些年却一直拥有着最青葱的年华。是旗袍的韵致，将上海女孩柔美的身段、优雅的气质，衬托得更加风姿万种。她们身着旗袍，嘴角轻笑，眉宇间的神韵会令人想起旧上海那些倾城的女子。旗袍于她们，仿佛带着一种与生俱来的情结，也与这座都市有着不能割舍的缘分。

脱下了旗袍的上海，又有一种惊世的美丽。它的风华，天然无须雕饰，从来都在一颦一笑间。我们变换着不同的角度，看到的是这座城市水一样的风韵，以及那些铺洒在城市如花的幸福。

　　此时的黄浦江，依旧泛着微微的波澜。水中的涟漪荡漾着深深浅浅的从前，从无到有，从缓至急。而我们不必沉入江底，去打捞历史的烟尘，只需将浦江的记忆、上海的传奇，从容地装进囊中。

　　记住这座城，它叫上海滩。

上海之春 //

　　一直认为，这世间最有情的、最能慰藉灵魂的，当属音乐。那种悠扬婉转、深澈清远的旋律，在时间的河岸上漂浮，大美到无言。可以让纷乱的心绪在瞬间沉静，亦可以让平静的心湖荡起美丽的涟漪。人与音乐，是雅客相逢。许多熟悉的歌曲总是会在不经意的刹那，穿越纷繁的风景，翩然来到我们身边。

　　与一座城市邂逅，是缘分；与一座城市的音乐文化相遇，亦是缘分。第28届上海之春国际音乐节，在姹紫嫣红的春光下，诗意优雅地拉开帷幕。这个中国历史上最悠久的音乐节，在玉兰花开的五月，以万千姿态唱响了半个世纪的旋律。一个个灵动的音符，于上海这座国际大都市，安静又轻盈、风情又烂漫地绽放。

　　在为期三周的音乐节中，来自中国、美国、俄罗斯、意大利等十多个国家的35台原创、经典音乐会轮番精彩亮相。是命定的因缘，让过客的你我投宿在上海这座繁华的都市，让我们相聚在春天，交换季节的杯盏，聆听天籁之音。这是一座华丽的舞台，有足够的气势与襟怀，承载"上海之春"国际音乐节的完美演绎。

　　所谓"建筑是凝固的音乐"，上海音乐厅被誉为"上海的巴黎歌剧院"。古典欧式风格的建筑，华丽唯美的饰物，将音乐节装扮得诗意而高雅。正是这座流光溢彩的剧院，令许多原本陌生的物象不约而至，有了触动心灵的交集。这该是一场倾城盛宴，在浓抹艳彩的春天登场，亦会在鲜花和掌声中落幕。那震撼的美，不是惊鸿一瞥，而会化作黄浦江滔滔不尽的浪花，经久不散。

　　一切往来，皆有因由。上海之春得以如此明媚鲜妍地绽开，是因上海根深蒂固的文化，以及这座都市独特的土壤，还有那些随处可见的传奇。所以无论是沉浸在黄浦江中，还是流淌在苏州河上，又或是穿梭在石库门古老的弄堂里，总能找到这个都市的万种风姿与馥郁芬芳。是这座海纳百川的城市，让每一章词句都饱含一个华美的故事，每一个音符都可以发生一段壮丽的情感。

而城市的景致，以及灵性的万物，都在音乐中各得其所，各自
安好。

　　走近一座城市，或许只需要一个瞬间；然而解读一段音乐，
需要多久的光阴？每个人心中都有一座属于自己的上海滩，于这
风情大气的都市里，我们都在寻找一种与音乐文化相关的情结。
因为在这深不可测的江湖里，我们都是离岸的船，需要一首渡河
的歌，需要一份心灵的皈依。好的音乐，可以令春水换颜。好的
音乐，是过河的石子，是取暖的炭火，是黑夜的明灯。

　　流淌的韵律，推开一扇叫岁月的门，几代音乐人的记忆就
这样在音乐节里被不由自主地打开。过往的风华，以及如今的明
丽，在浅色光年下铺展。上海给了诸多经典音乐作品最前卫也最
高雅的舞台。而这座舞台，又令一大批音乐家、演奏家，成为历
史的主角。也许真正动人心弦的音乐，并非像霓虹幻彩那样闪烁
虚浮，也不是要像东方明珠那般璀璨夺目，而是一份纯净的爱，
朴素到令人叹为观止的感动。

　　生命本身就是一首来回弹唱的弦歌，每个人经历了山高水长
的流年，依旧可以做到不改初衷，就是对歌者最纯粹的肯定。那
首弦歌，是在百媚千红的春光里独守一色，是在摩肩接踵的人流

中独觅一人，是在弱水三千的领域间独取一瓢。寂寞时，会如影相随；迷惘时，会不离不弃。无论上海这座国际都市，来去多么匆匆，流转多么迅速，音乐文化，永远不会被光阴相忘。

一江春水，满城春风，上海这座音乐文化圣地，给漫步在烟火俗世的旅人带来安宁的休憩。那一朵五月的玉兰，朝春天的尽头盛开。放眼苍茫世间，还有多少事物可以永恒，多少岁月可以支付。唯有音乐，似一树开在时光水岸的繁花，安静于现世一隅，看春秋代谢，凡来尘往，永不凋落。

原以为在波涛翻涌的上海滩，一个浪花就足以将柔情淹没。却不想，徜徉在优雅的旋律中，昨日千回百转的美好与幸福在今天触手可及。愿上海之春，在人间舞台上走过岁岁年年。愿一曲盛世清音，歌静山河美，抒风流时序。

海上留声

人的一生总是在不断地追忆，无论身处怎样的繁华，拥有多少尊荣，有时候，一首老歌就可以将我们带回到过去，重温那一段似水年华。老上海就像一场沉睡的旧梦，原以为相隔百年，那份感觉早已荡然无存，然而许多久违的熟悉，就搁置在一首首老歌里。我们只需轻轻穿过岁月的街道，在某个季节的转角处，就可以与之灵魂相通。

人说上海美丽得无法复制，等到繁华落尽纤尘，打动心肠的依旧是那一段如烟往事。所以，行走在车水马龙的大上海，内心始终有一处安静的留白。总以为，摩肩接踵的人流不会再有优雅的交集。其实在随处可见的海上风情里，我们怀着同一个梦，并且需要依靠那些老旧的记忆来安放心情。

走进方浜路，这里与新上海的璀璨华丽擦肩，又和旧上海的古老风情相逢。这里被称为"上海老街"，有着明清古风的典雅装帧，亦摆放许多老照片、月历牌、旧画报。那些被岁月遗忘多年的旧物，在南京路、淮海路等著名商业街早已觅不见踪影，于这条老街却随处可寻。商店檐下高挂的红灯笼，以及风中飘摇的酒旗，无不以最古雅的方式，和来往过客讲述老上海风姿绰约的昨天。

世界各国的朋友，从五湖四海奔赴而来，带着天南地北的风尘，相逢在一条古韵悠长的老街。他们是想在旧时风景里，寻找曾经失落的梦，还是仅仅只为了给生命的旅程添上一种不同寻常的意境？老上海的音乐在时光深处舒缓地流淌，继而弥漫了整座城市。我们不由自主地沉迷在歌声中，希望在茫茫人海里得以遇见缘定今生的那个人。我们是漂浮的船，老街是渡口。千万人之中的相遇，不能太早，也不能过迟，直到握着彼此手的那一刻才恍然醒悟，所有等待都是值得的。

如果说人生是一场修行，那我们所要做的就是找一方明净天地，执手相依，笑看风云，如此才不辜负一世的美好时光。在这暮春时节，许多人湮没在老唱机旋转的音律中，于虚实交融、含蓄内敛的乐曲中，获得温情与快乐。

岁 月 静 好　　现 世 安 稳

中唱小红楼位于徐家汇公园内。19世纪末，法国百代唱片公司登陆沪上，带来了时尚的留声机。这种"伶人歌唱可留声，转动机头万籁生"的机器让当时的上海人兴奋异常，很快就风靡了整个上海滩。

一座别具风韵的小楼，历经七八十年的风雨沧桑，依旧保留着当年的非凡姿采。壁炉、吊灯、老唱机、胶木唱片，这些旧物带着一种如梦似幻的美丽，令来过的人甘愿为之倾注柔情，将感动寄存于此，并认定这是喧哗尘世最宁静的归属。

中唱小红楼收藏了太多如今无法触及的繁盛与辉煌。中国现代艺术史上几乎所有的风云人物都曾在这里留下了或深或浅的足迹。聂耳在这里创作了《义勇军进行曲》，黎锦光的《夜来香》亦是在这里创作，陈歌辛的《玫瑰玫瑰我爱你》最初也是在这里录制的。过往的天光云影已然散去，风烟俱静之时，又会有另一种绝美继续昨日的传奇。

派拉蒙电影里有句旁白："老百乐门爵士乐响起了，你无法拒绝华丽转身。"半个世纪前，百乐门曾经是驰名中外的"远东第一乐府"。这里出现过许多优秀爵士乐音乐家，他们将爵士乐镀上一层浓郁的感情色彩。听爵士乐，就像调一杯中西相融的酒，既有典雅的东方古韵，又有浪漫的西方风情，让品过的人在黑白光阴的回忆里流连，又在霓虹幻彩的景致中沉醉。与百乐门邂逅，任何一次转身，都会让人频频回首。

百乐门在五光十色的夜景下更是姿态万千，多少黯淡被那些天涯歌女一颦一笑的妩媚给消融。有时候，一件华美的旗袍，就足以倾倒满城看客。夜上海，这座不夜城，仿佛任何时候都是歌舞升平。而我们所求的，也只是在青春鼎盛之时，于流转的音乐中，来一场美丽的宿醉。待到第一缕阳光洒落在窗台，才如梦初醒。

穿行在石库门悠长而又狭窄的弄堂里，所有尘封的记忆就在瞬间奔涌而出。木质阁楼，爬满了绿色的青藤，弥漫着老上海浓郁的风情。一首熟悉的老歌，不知从谁家的窗台飘然而至，怀旧的气息里，弥漫着栀子花浓郁的芳香。如若不是弄堂有尽头，所有的来客真的会误以为，时光倒流了数十载。而我们就是地道的老上海人，在烟火的里弄，安度平淡的流年。

上海就像是一座宿命之城，来过的人，一旦跌入怀旧的音乐里，就再也不能遗忘这段情。这些人喜欢坐在午后阳光下，品一壶闲茶，在老唱片的歌调里，翻看一张张老照片，开始经久地回

岁 月 静 好 　 现 世 安 稳

忆。这些人喜欢穿行在大街小巷里，看着这座城市的风物人情，让自己湮没在旧上海的浮沉往事中。多少年，旧物早已换了新主，黄浦江的涛声，依旧和每一个过客许下不见不散的诺言。

我们都相信因缘际遇，如若真有缘分，无论经历多长久的离别，终有一天会重逢。纵算物转星移，人世变迁，那些远走的，还会回到身边。以为错过了老上海的花样年华，却不想，这般轻而易举就从一首怀旧的歌曲里找回从前熟悉的一切。

时光还在，我们却不再年轻。许多纷繁的故事从容不惊地老去，而这座城市遗韵犹存。愿所有人与上海的相逢，都是华枝春满，天心月圆。

都说相逢是首歌，无论是与人的相逢，还是与山河草木的相逢，抑或是与一座城市的相逢，都是一首荡气回肠、耐人寻味的歌谣。不是所有的人都可以和自己并肩同行一生，却有许多歌曲能够一如既往与你我相伴，走过数十年的光阴，有着持久的温暖和幸福。

与一座城市的相逢，亦是与一首歌的相逢，上海就是一首让人听过便无法忘怀的歌。这是一座现代化的国际大都市，每一个角落都充满神奇的梦想，创造前所未有的传奇。这又是一座历尽风雨沧桑的老城，每一条里弄都隐藏着经年的故事，酝酿着风花雪月的柔情。而这一切都被历史的笔，写成一首首优美生动的歌曲。时光会——告诉我们，这座繁华高贵的城所谱写的百年风云、烟尘过往。

　　穿行在时尚的摩天大楼，漫步于悠长的古朴里弄，感受上海这座中西合璧、风格迥异的城市。行走的旅人，不知从何而来，又往何去，但所有的相逢都是一段恰如心意的缘分。尽管人生如萍水，在白驹过隙、稍纵即逝的光阴里，我们都要懂得珍惜。

　　石库门是中西建筑艺术相融合的产物，也是大上海不可缺少的风景，更是一种上海情结。这里掀起过无数江湖风浪，居住过比烟花还寂寞的女子。岁月更替，许多景物都换了新颜，可流光无法冲淡一丝过往的记忆。然而记忆也是吝啬的，只让经历过的人拥有。也许我们注定成不了这座城市的主角，但可以站在舞台下，等待一场戏的开场与谢幕。

　　背上简单的行囊，听一首老歌，摘一片风景，走进里弄，置身在最烟火的红尘，心底却像被打扫过一样干净。我们可以很清晰地分辨出风的味道，以及这座城独一无二的情调。不知窗台的晾衣杆上，晾着谁家的花衣裳；不知那座宁静的小楼上，发生过多少阴晴圆缺的故事。无论是初遇，还是重逢，这里给我们的，都是一样的熟悉和温暖。所谓人间有味是清欢，当我们在上海这座繁芜的城市品出了清欢的滋味，就真的达到境界了。

浦江两岸，涛声依旧，从何时开始，它们习惯在一首歌里沉醉，爱上了词的韵味、曲的旋律。无论是朦胧的晨晓，还是璀璨的夜色，两岸高楼都散发着迷人的风采。上海就是一杯珍藏于时光深处的窖酿，让所有的来者在如歌的岁月中交换杯盏，沾唇即醉。

浦西是旧上海的租借地，昔日各国使馆林立于此。这些使馆仿佛挂在岁月墙上的日历，我们无须刻意回忆，便可以翻看走过的从前。而浦东陆家嘴金融中心，那些极具特色的新建筑群，让这座城市在瞬间焕然一新。万人瞩目的东方明珠塔，一如既往骄傲地俯视众生，任何时候，它都是上海无法超越的传奇。伫立在浦江两岸，看着中西交融、古今结合的建筑，有一种时空交错之感。无论是白日还是夜晚，新旧上海滩，都是那般叫人叹为观止。

田子坊，一个简单而美丽的名字，一个浓缩的上海。这原本只是一条默默无闻的小街，安静无声地存在于大上海某个不起眼的角落。不知道是谁，在这里推开了那一扇艺术的门扉，让海派文化凝聚于此。而许多怀揣梦想的人，从不同的国家、不同的城市来到田子坊，愿与这里的中西文化发生灵魂的碰撞，共有一剪诗意情怀。

岁 月 静 好　　现 世 安 稳

　　在田子坊，有一些工作室时常会开展歌剧演唱会，来往的过客总是沉浸在乐曲中，忘记了前方的行程还有多远。是音乐打开了封存的心灵，让每一个被遗忘的故事随旋转的音律娓娓道来。每个人心中都有一个田子坊，给痴迷西方艺术的人以浪漫，给依恋上海情结的人以典雅。在田子坊，没有地域、年龄、贫富之分，这里的艺术与风情，愿和每一个人携手同行。

　　上海这座城以其现代和传统的风韵，吸引世界各地游者的目光。她是一位时尚的摩登女郎，行走在高楼大厦之间，摇摆着妩媚风姿；又是一位优雅的古典女子，着一袭旗袍，在悠长的里弄顾盼流连。我们醉心于十里洋场的繁华绚烂，又迷恋上老上海的旧物风情。而这种古今交集的情愫从来都不会矛盾，仿佛任何时候都可以醒醉自如。

　　在一首歌里相逢，从此爱上这座城，和这里的一檐一瓦、一尘一土交换心事。当我们以为时光走远，一些繁华成为背影时，上海的故事其实一直在继续。岁月流去无语，却留下许多有声之歌，供你我深深回忆。就让我们在歌声中微笑，在温暖的尘世拥有如花的幸福。

图书在版编目（CIP）数据

岁月静好　现世安稳 / 白落梅著 . —长沙：湖南文艺出版社，2017.6
ISBN 978-7-5404-8059-2

Ⅰ. ①岁… Ⅱ. ①白… Ⅲ. ①散文集－中国－当代 Ⅳ. ① I267

中国版本图书馆 CIP 数据核字（2017）第 076025 号

上架建议：畅销书·文学

SUIYUE JINGHAO　XIANSHI ANWEN
岁月静好　现世安稳

作　　者：白落梅
出 版 人：曾赛丰
责任编辑：薛　健　刘诗哲
监　　制：于向勇　秦　青
策划编辑：刘　毅
文字编辑：王槐鑫
营销编辑：刘晓晨　罗　昕　刘文昕
封面插图：林帝浣
封面设计：仙境书品
版式设计：李　洁
内文插图：青　简
出版发行：湖南文艺出版社
　　　　　（长沙市雨花区东二环一段 508 号　邮编：410014）
网　　址：www.hnwy.net
印　　刷：三河市中晟雅豪印务有限公司
经　　销：新华书店
开　　本：875mm×1270mm　1/32
字　　数：185 千字
印　　张：9.5
版　　次：2017 年 6 月第 1 版
印　　次：2019 年 1 月第 3 次印刷
书　　号：ISBN 978-7-5404-8059-2
定　　价：38.00 元

若有质量问题，请致电质量监督电话：010-59096394
团购电话：010-59320018

百万级畅销书作者白落梅唯美散文集

上架建议：畅销书·文学

ISBN 978-7-5404-8059-2

定价：38.00元

一朵莲花的低唱

白落梅

一朵莲花的低唱

一朵蓮花的低唱

想读一本书，可不可以只读一本心经？

在晨晓的庭院，在午后的长廊，在黄昏的灯下，在月夜的窗前。

有人在封面端坐如莲，有人在册页静卧如佛。

每一行字，似菩提，在阳光下轻轻绽放，打理多少寂寞流年。

每一个词，如明镜，在梁柱上默默尘封，收存多少悠悠往事。

不是诱惑，又分明牵引许多薄弱的灵魂，只为抵达莲花彼岸。

不是所有的人，前世都许过一段灵山旧盟。

不是所有的心，今生都记得一份天涯约定。

请相信，在如泥浊世，还会有一颗清纯而洁净的心。

观风则给予清凉，观雨则给予湿润，观火则给予温暖。

不为烟火所染，不为名利所缚，不为欲念所迷。

吾心自在，则了无挂碍。

般若，是不是禅定的智慧？是不是深刻的玄机？

是不是明月落在水中的倒影？是不是藤萝树上弥漫的花香？

是不是轻罗小扇扑灭的一点流萤？是不是雨打残荷遗落的一点诗韵？

多少青春韶华，在眼底眉梢无声地滑过。

多少如流岁月，在唇齿之间悄然地叹息。

何谓波罗蜜？佛云即到彼岸之意。

是佛国的彼岸，是菩提的彼岸，是涅槃的彼岸。

沧海是此岸，桑田是彼岸。

落花是此岸，流水是彼岸。

现在是此岸，未来是彼岸。

开始是此岸，结局是彼岸。

红尘滚滚，也曾萍散萍聚，也曾缘来缘去。

如若可以，就将尘缘折叠成一只纸船，将旧梦搭建成一座鹊桥，

只为抵达廓然境界，只为大觉圆满。

须知，繁华迷众相，云水释禅心。

万法清净，无生无灭。心存般若，自在常宁。

一朵蓮花的低唱

泡一壶茶，一壶五蕴之茶，品出人生百味。

让记忆随茶叶舒展，舒展成片片真实的过往。

让情思在水中荡漾，荡漾出一卷经书的韵脚。

那么多的点点滴滴，在岁月里窖藏。

是不是一饮而尽，就可以做到忘记？

是不是禅心入定，就可以做到五蕴皆空？

五蕴若不空，则覆盖了佛性。五蕴皆空，方可见菩提心。

我们之所以怨叹时光无情，是因为忘不了丝丝缕缕的纠缠。

持一把明如清风的剪刀，剪断一切人世纷繁。

做到五蕴皆空，则可度化自己，度化众生。

度一切苦厄，化纷扰为明镜，化烦恼为菩提。

岂不知万物皆有佛性？过去有，现在有，将来有。

将人生这壶茶，喝到无色无味，无思无想，无来无去。

跳出三界，免去轮回。没有前因，亦无结果。

肆

舍利子，色不异空，空不异色，色即是空，空即是色

舍利子，是佛祖释迦牟尼涅槃火化后遗留下的像珍珠、水晶、玛瑙的硬物，

形状不一、五光十色，被视为佛门珍宝。

大千世界，芸芸众生，我们渺小得如同一粒微尘、一滴水珠、一棵草木。

正是这些渺小凝聚、组合，才有了真实的形体，有了骄傲的灵魂。

当我们开始为一朵花动情，为一片叶落泪，

为一只蝼蚁感叹，为一只大雁伤神时，

我们才知道，这是为所有虚空的想法犯下了不可饶恕的错误。

无法正视幻灭荣枯就是错误，无法淡看生老病死就是错误，

在相逢时哀怨别离是错误，在结束时期待重来是错误。

我们总喜欢把人生当作一场戏。

既是戏，无非如此：

一种是华丽的开始，落寞的结局；

一种是悲情的开始，欢喜的结局。

既是戏，当知一切皆是空幻。

台上是王侯将相，台下是布衣百姓。台上是红颜佳色，台下是残花败柳。

生命就是一场烟花，稍纵即逝的璀璨后，取而代之的是一地薄凉。

一朵蓮花的低唱

一切意念，皆由心而生。

心不动，则万物动，心不动，则万物止。

人在世间行走，如何可以做到不思不想，不往不来？

云崖闲钓，曲水流觞，是一种高雅境界。

策马扬生，江湖逐浪，亦是一种快意人生。

生命本就是一场无由的轮回，你从起点走至终点。

一路上，尝尽风霜雨雪，离合悲欢。

到最后，会发觉，兜兜转转，你又回到了最初。

待你察觉，光阴已在瞬间流逝，一去不返。

年华仓促老去，再也觅不到从前。

曾经那么努力地演绎生活，那么用心地珍惜情感。

却成了那不可触摸的影像，不堪回首的记忆。

你悟得或许不是太早，却也不是太迟。

那么可以从现在开始，撕下人生那张虚假的面具，

将繁复的日子，喝成一杯白开水的清淡；

将深邃的经卷，解说成白话文一样简单。

舍利子，是諸法空相，不生不滅，不垢不淨，不增不減

人的一生，总是无法停止追求，或为名利，或为情感，或为债约，

却不知，一切荣辱，皆归尘土。得失随缘，才能自在安宁。

诸法清净，是为空相。烦恼是空、生死是空、众生亦是空。

既为一粒微尘，当是无生亦无灭、无垢亦无净、不增亦不减。

就如同镜中花，水中月，我们是否可以闻到它的芬芳，看到它的增减？

风刀霜剑不能将之摧残，滚滚风尘不能将之污染。

今生的果，是前世的因。

今生的债，是前世的怨。

但注定的宿命，不会为某段因果、某份孽债而有所改变。

许下誓约的人早已离去，但是山盟海誓还在。

摆渡的人，不知道将船只停靠在哪个港湾，但他始终还会再回来。

花开花落，潮涌潮退，春去秋来。

看似波澜起伏，饱经沧桑，其实一切都不曾更改。

世相还是从前的世相，众生还是昨天的众生。

一朵蓮花的低唱

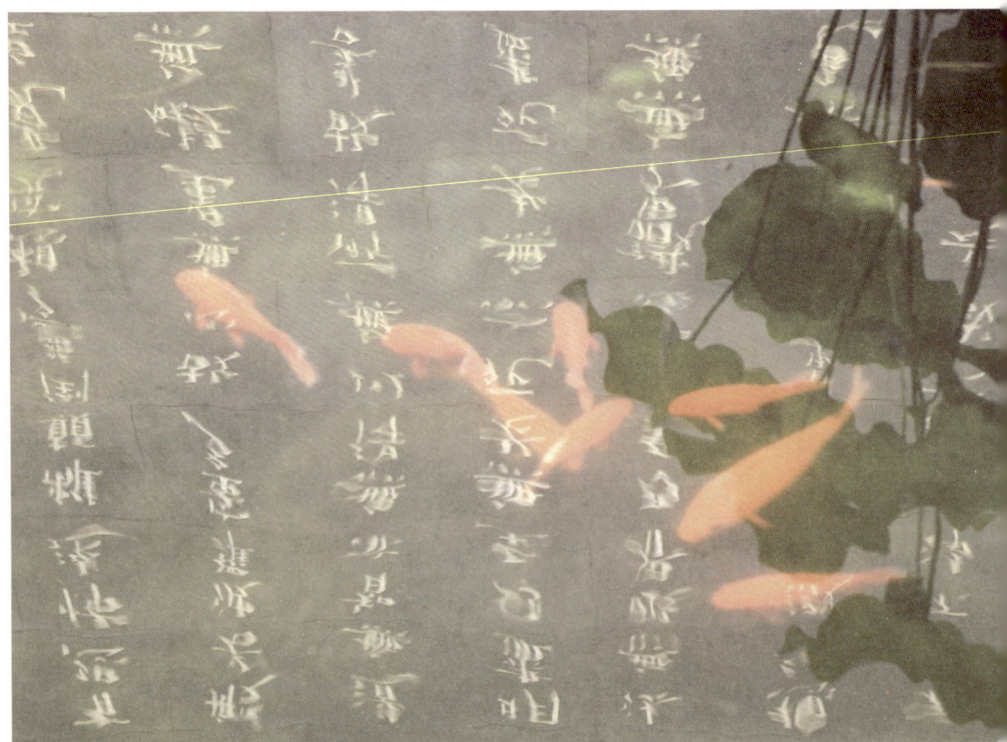

柒

是故空中無色，無受想行識

都说红尘是网，许多人不挣到鱼死网破，誓不罢休。

却不知，这道纠缠的网，是自己一手编织的。

用欲望、用烦恼、用执念编织的网，裹住了自己，也束缚了别人。

其实，任何的执着，换来的都只是寂灭。

我们总是埋怨光阴太过决绝，这样地催人老去，

却不知光阴亦有它的无奈。

它带着与生俱来的使命，在流淌的过程中，不能有半刻的停留。

诸法空相，不着色，不着受想行识。

无色，身是空，无受想行识，心亦是空。

身空，则无生老病死。心空，则无悲欢离合。

在空无的世相里，无明灭，无来往，亦无众生。

佛总说，用其慈悲之心，度化众生。

殊不知，这世间并无可度之人，亦无可度之心。

浮云流转，旧欢如梦。

刚才握过的手，刚才焐暖的心，已恍若隔世。

所谓六根清净，是不是就是关掉最后一扇窗，演完最后一场戏，写完最后一笔激情？

在色彩纷呈的人世间，我们总是不能抑制自己的欲念。

看到名利起贪心，看到钱物起盗心，看到美色起淫心。

而这一切贪念，便是六根所积下的业障。

在无法抵挡的诱惑里，就给自己找一个借口，视灾难为劫数。

有一天落到一贫如洗的境地，其实是自己打劫了自己。

六根不是无，不是空白，而是清净。

是在姹紫嫣红的春光里独守一色，

是在摩肩接踵的人流中独觅一人，

是在弱水三千的领域间独取一瓢。

六祖惠能有一首偈语：菩提本无树，明镜亦非台。本来无一物，何处惹尘埃。

遮住了原本空灵的禅心。

落在如莲的蒲团上，落在泛黄的经卷里，落在古旧的明镜中。

遮住了原本清净的佛性，

尘，粉尘，尘埃，

色声香味触法为六尘，修行之人要远离六尘，走出六尘，方为出家。

不为色尘所迷，不为声尘所扰，

不为香尘所诱，不为味尘所惑，

不为触尘所动，不为法尘所感。

离尘，不是让你为一个秘密守口如瓶，

不是让你为一段诺言痴心不改，

只是在尘土纷扬的光阴下，可以视万物如静水清澈，如皓月明朗。

守一份淡定，守一份从容，

任凭落花满径，旧事萦心。

何为六识？乃眼识、耳识、鼻识、舌识、身识、意识。

六根、六尘、六识，为十八界。

十八界相合即有众生，离十八界则无众生。

众生不肯出离生死，无法看淡荣辱，皆因留恋自己的六根、六尘、六识。

就像一艘扬帆的船只，无论多少次两岸往返，惊涛拍岸，依旧离不了那一方水域。

就像一片纷飞的落叶，无论多少次零落成泥，春生秋死，依旧要接受归根的命运。

生命是一曲辗转弹唱的弦歌，是一壶反复煮沸的浓茶，是一本来回翻看的老书。

倘若众生不把十八界放下，就只能在六道轮回，无有了期。

如何放下？忘记过去，淡看现在，无谓将来。

放到无处安放的地方，就是安身立命之处。

有如将一捧落花，顺水漂流至无人收留的地方。

有如将一抔香土，随风放逐到无人认领的境地。

没有来处，亦无归程，便是清净，便是佛性。

一朵蓮花的低唱

无明，不是真正的黑暗，不是山穷水尽，不是烟锁重楼。

无明，是众生不能放下，不能守住自己的真性。

佛性不明，心性不明，则为无明。

一念起，则妄动，在尘世里赴汤蹈火，怎么可以做到毫发无伤？

一念灭，则不动，将心安置在一个宁静的角落，又何惧流年相催？

花开花落本寻常，缘生缘灭还自在。

所谓因果有定，生死随意。

在满地落英上行走可以不动声色。

在悬崖峭壁边垂钓可以淡定心闲。

做一个有洁净心的人，慈悲的人，掸去积岁的尘埃。

在黑暗中，做一根光明的拐杖。

在冰雪里，做一盆温暖的炉火。

在逆境中，做一艘破浪的帆船。

给你我一把钥匙，在迷惘时，打开般若之门。

就算有一天分道扬镳、流离失所，

依旧会有一朵莲花，等候在湖水中央。

我们在今生的楼头眺望前世，却不知，过往已经是回不去的原乡。

我们费心地装扮自己，赶赴的却是一场早已落幕的戏剧。

我们热情地生火煮茗，原来欠下的只是一杯隔夜的苦茶。

我们匆匆地日夜赶赴，才发觉握紧的是一张过期的船票。

因缘是空的，烦恼是空的，菩提亦是空的。

以般若观一切法，便可以超越世间法。

无生灭，无老死。

众生是佛，佛是众生。

一朵莲花的低唱

拾叁

無苦集滅道，無智亦無得。以無所得故，菩提薩埵

佛家云：人生有八苦，生、老、病、死、爱别离、怨憎会、求不得、五阴炽盛苦。

众生本不知苦，所以如来示苦相。

人生的烦恼，无非是由贪嗔痴引起的。

一切苦，皆由心生。

心中种一棵烦恼树，结的便是烦恼果。落叶飘零，惆怅满地。

心中若种一株菩提树，就可心性澄明。掬水欢喜，拈花微笑。

生命就像抽丝剥茧，抽去繁复，留下简洁。剥去浮华，留下真淳。

尝尽苦味，方可涅槃。

若想灭去苦因、苦果，则要修道。

端坐在莲台上，用禅心洗去一切虚妄与浮躁。

做一个智性之人，悟一切心空，了一切法空。

忘记热列的青春都给了谁，忘记相逢是在哪一天。

只要记得，有一艘船，停靠在岁月的渡口，时刻准备载着你我去莲开的彼岸。

何谓挂碍？

看一捧落花顺流而下，不知漂向何方，就是挂碍。

看一群大雁追云逐日，飞度千山暮雪，就是挂碍。

看一只蝉虫褪去羽衣，在秋日里无言，就是挂碍。

看一个背影渐行渐远，消失在烟雨中，就是挂碍。

并非入禅定，坐蒲团，敲木鱼，诵经书，就心无挂碍。

心念佛祖，读了万卷经书，存放在记忆里，依旧是挂碍。

心无挂碍，便不会在意，那年春天之后又发生过多少故事。

心无挂碍，便不会在意，那次在桥头重逢的故人去了哪里。

心无挂碍，便不会在意，南飞的雁子是否会捎来什么消息。

般若照见五蕴皆空，心空、色空、法空、生死空、涅槃亦空。

一朵蓮花的低唱

拾伍

無有恐怖，遠離顛倒夢想，究竟涅槃

对于生命，我们无须深情地注视。

对于流年，我们无须感伤地叹息。

或许世间万物都无须以礼相待。

如果可以，就选择漫不经心。

漫不经心地做梦，漫步经心地醒来。

漫不经心地拥有，漫不经心地付出。

漫不经心地开场，漫不经心地落幕。

任何失去，都不算是一种割舍。

任何得到，都无须过意地感恩。

请记得，一只白狐在雪夜里与你邂逅，只是为了还清千年的夙愿。

无论何时都不要在暗夜里，等待一朵寂寞花开。

一个习惯说开始的人，必定也习惯说结束。

一个看似很多情的人，往往是最无情的人。

人生如梦，岁月如梭。

在人世纵横的阡陌里，让我们做一株平凡的草木，无意春秋，不识冷暖。

心无挂碍，无有恐怖，远离颠倒梦想，终可涅槃。

拾陆

三世諸佛，依般若波羅蜜多故，

得阿耨多羅三藐三菩提

最初一个读经书的人，绝对不会是你。

最后一个被度化的人，也绝不会是你。

佛说，过去烦恼空，过去成佛。

现在烦恼空，现在成佛。

未来烦恼空，未来成佛。

成佛，是远离颠倒，是消除烦恼，是去留无意。

他静坐在云端之上，俯视众生，

知晓过去未来，却不生厌倦，

洞悉人世苦难，而心生慈悲。

禅是一盏温暖的心灯，给迷惘的人，照亮归家的路程。

禅是一本深邃的心经，给虚妄的人，诠释人生的真谛。

禅是一叶赤红的菩提，给有缘的人，找寻隔世的记忆。

菩提是真实的，菩提是平等的，菩提是宽容的。

所以佛不需要对谁许下任何的誓言和承诺，

只需拈一朵莲花，祥和而宁静地对着众生微笑。

一朵莲花的低唱

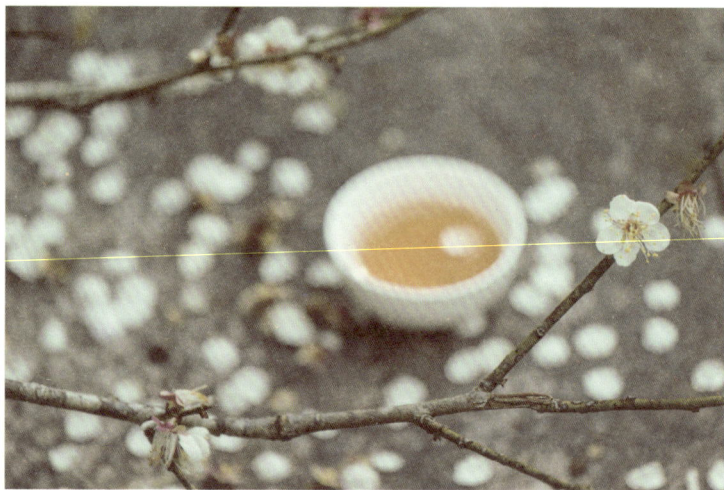

拾柒

故知般若波羅蜜多，是大神咒，是大明咒，

是無上咒，是無等等咒，能除一切苦，真實不虛

记不清，前世的那一场雪下了多久，但那时候的我，一定还没有一颗禅心。

记不清，岁月把人生分成多少个章节，但每一个章节，都会有难忘的一笔。

迷惘的时候，其实不必问佛，我们掌心的纹路就可以掐算人事。

以为按照命运安排好的轨迹走下去就不会犯错，

原来命运也会在转弯的路口，和你我分道扬镳。

以为对灵魂忠贞，就是对生命最好的报答，

却不知，恰恰是灵魂出卖了自己。

心经云：大神咒可以度众生成佛，

大明咒可以破除众生的无明烦恼，

无上咒可以除去一切苦难，远离三界火宅，免去六道轮回。

当我们用一瓣心香，典当回过往的纯粹，

用一朵莲花，换来众生安宁的栖息时，

就应该相信，佛法无边，佛慈无量。

拾捌

故説般若波羅蜜多咒，即説咒曰：揭諦揭諦，

波羅揭諦，波羅僧揭諦，菩提薩婆訶

每个人心中都有一本心经，因此每个人心中的禅都不同。

禅是何味？禅是何境？

所谓如鱼饮水，冷暖自知。只有自己知道，禅到底是什么。

禅是你疲倦时，泡的一壶闲茶。

禅是你浮躁时，听的一支古曲。

禅是你迷离时，闻的一缕花香。

心经说：走，到彼岸去。

离开污浊的世间，到无尘境界去，让众生心证菩提。

我们都是红尘中的匆匆过客，像微尘一样飘忽地游走。

不要再贪恋三千繁华，俗世烟火。

关掉记忆的门扉，做一个大寂寞的人。

解开尘网，我是离岸的船，我有皈依的心。